송영과 떠나는 음악여행

송영과 떠나는 음악여행

송 영 지음

도서출판

송영과 떠나는 음악여행

초판 발행일 · 1999년 7월 15일
중쇄 발행일 · 2004년 5월 25일
지은이 · 송 영
펴낸이 · 김 청
펴낸곳 · 도서출판 窓
등록번호 · 제15-454호
등록일자 · 2004년 3월 24일

주소 · (121-885) 서울특별시 마포구 합정동 388-28번지 합정빌딩 3층
전화 · 322-2686, 2687/**팩시밀리** · 326-3218
e-mail · changbook1@yahoo.co.kr

ISBN 89-7453-063-5
정가 12,000원

● 책을 내면서

언제나 시간에 제약받는 현대생활에서 음악과 자주 만나기란 쉬운 일이 아니다. 시간뿐만 아니라 음악을 듣기 위해서는 마음의 여유도 필요하다. 번거로운 일에 매달려 며칠 혹은 몇 주씩 지내다보면 늘 곁에 두고 있는 음악이건만 한 곡도 듣지 못한 채 지냈다는 걸 뒤늦게 깨닫게 될 때가 있다. 그런 때는 뭔가 큰 것을 잃어버린 것 같은 상실감을 느낀다. 그러고 보면 생활에 쫓기는 이웃들에게 음악을 들어보라고 자꾸 권하는 것도 무리한 일이 될지 모른다. 그럼에도 불구하고 그런 권유의 말을 다시 한 번 하게 되는 것은 마음의 여유를 되찾고 삶을 음미하고 반추하는 일도 음악을 통해 가장 쉽게 이루어진다고 믿고 있기 때문이다.

3년 전 나는 첫 음악수상집 『무언의 로망스』를 펴낸 바 있는데, 그 책은 음악에 관한 나의 느낌과 생각들을 여러 각도에서 드러내본 것이었다. 그 당시 나는 음악에 관해서는 그 책 한 권으로 그치겠다고 마음 먹었었다. 내 분수로는 그걸로 충분하다고 생각했던 것이다. 그러나 그 이후로도 이런저런 이유로 적지않은 음악원고를 쓰게 되었다. 이 글들은 주로 작품소개와 연주감상에 관한 것으로 음악감상 안내의 성격을 지녔다. 글의 성격상 책으로 묶으라는 친지들의 권유도 있었다. 이런 이유들로 내 능력으로는 다소 무리인 줄 알면서도 두번째 책을 펴내게 된 것이다.

　주로 독주 기악곡 위주로 작품성격과 감상을 소개한 「음악여행」과, 새로 출반된 화제의 음반을 통해 연주가의 연주특징을 내 나름으로 검토해본 「연주가에게로의 초대-CD로 듣는 음악」 등이 음악감상의 안내자적 성격을 지닌 글들이다.

　「음악여행」에 소개된 작품들은 처음 음악을 듣는 사람들이 음악에 친밀감을 갖기 위해서 우선 들을 필요가 있다고 생각되는 작품에 첫 기준을 두었으나, 내가 좋아하고 자주 듣는 음악이 적지않게 포함되어 다분히 주관적인 선곡이 된 것이 사실이다. 그것뿐 아니라 작품의 감상에 관해서도 나는 주관적인 해석에 많이 의존했다. 이것은 좋게 말하면 '새롭고 신선한 해석'이 되겠지만 작품이나 표현에 따라서는 지나치게 '주관적'이라는 말도 들을 수 있을 것이다.

　「연주가에게로의 초대-CD로 듣는 음악」은 주로 연주에 대한 얘기를 하고 있는데, 여기서 다뤄진 연주가의 연주에 대한 평가나 느낌도 다분히 나 자신의 주관적 느낌에 많이 의존했다. 그러므로 음악을 듣는 사람에 따라서는 다른 의견, 혹은 다른 표현도 얼마든지 가능하리라고 생각된다. 한 연주가의 능력이나 특성을 두고 말할 때 대체로 사람들의 느낌은 크게 다르지 않을 거라고 믿고 있지만 아주 미묘하고 세밀한 부분에서 조금씩 느낌에 차이가 나는 것은 도리어 자연스런 현상이다. 그런데 이 조그만 차이가 글로 나타날 때는 더욱 그 간격이 크게 증폭되는 현상을 자주 보게 된다. 이것은 늘 느끼는 것이지만 '글이 음악을 표현하기에 충분할 만큼 정밀하거나 정확하지 못한 데에' 원인이 있다. 그것을 감안하고 가능하면 표현상의 오류를 적게 범하려고 매우 노력했으나 적지않은 부분에서 최선의 표현을 찾아내지 못한 아쉬움이 여전히 남아 있다. 음악을 글로 표현한 것들 가운데에는 상투적인 말들이 유난히 많이 있다. 이것은 오류를 회피하기 위해 사람들이 많이 사용하는 말들을 누구나 주저없이 사용하기 때문이다. 상투적인 표현을 피하려고 하면 그만큼 또 오류의 위험이 따른다.

우리 삶과 생활에 음악은 아주 밀접하게 관련되어 있다. 비록 스스로 선택하고 자청한 것은 아니지만 매일 아주 다양한 음악들과 우리는 접촉한다. 그런데 대체로 사람들은 남이 선택해준 음악을 스스로 선택한 걸로 착각하고 듣고 있다. 불행히도 우리는 남이 선택해준 음악에 매일 길들여지고 있는 셈이다. 이것은 진정한 '음악 듣기'라고 볼 수 없다. 음악이 그렇게 중요한 것이고 삶과 생각에 크게 영향을 미치는 것이라면 스스로 음악을 선택해서 듣는 일에 관심과 열정을 아껴야 할 이유는 없지 않을까? 이 책이 그런 노력에 적은 도움이라도 되어주기를 바란다.

책의 출간을 위해 노력해준 도서출판 〈창〉의 여러분에게 감사드린다.

1999년 6월 30일   송 영

차 례

1부 음악 여행

2부 음악의 오솔길

3부 연주가에게로의 초대

클레의 '노란새가 있는 풍경'

음악과의 즐거운 만남

대체로 취미 삼아 음악을 듣는 사람들은 좋아하는 곡에 따라 그 나름대로의 사연이 있게 마련이다. 전문음악가의 입장에서 보면 이런 이야기는 다소 구차스럽고 음악의 순수성이나 절대성을 훼손하는 이야기로 들릴지도 모른다. 전문음악인에게는 어디까지나 음악 자체가 소중한 것이다. 좋아하는 곡에 따라 사연이 있다는 얘기는, 사람들이 음악을 자신의 삶 가운데서 발견하고 있고 음악과 삶의 관계를 너무 밀접하게 여기고 있다는 뜻이다. 애호가들에게는 우선 삶이 소중하고 그 다음에 음악이 있으며, 이 점이 전문가와는 다소 다른 점이라고 할 수 있을 것이다.

삶이 소중하기에 음악도 소중하다. 음악이 삶에 큰 위안과 즐거움을 주기 때문이다. 전문가라면 비록 본질적으로 큰 차이가 없더라도 표현은 다르다. 생활 이전에 음악이 있는 것이다. 음악이 있으므로 그의 삶이나 생활이 존재하며 의미가 있다고 말한다. 이것은 다만 음악 쪽을 조금 더 강조한 표현상의 차이에 지나지 않는다.

음악의 큰 미덕은 언제나 가까이 있어 우리가 원할 때 손쉽게 그것을 만날 수 있다는 점이다. 손쉽게 만나다니? 당장 어떤 음악이 좋고 어떤 곡이 자기 귀에 맞는지도 모르는데 어디 가서 그런 음악을 만날 수 있단 말인가? 먹고 살기에도 바쁜데 이 세상의 음악을 모두 들어볼 수는 없는 일 아닌가. 그건 맞는 말이다. 음악과 친해지기 위해서는 좋은 음악과의 만남이 필요하며, 여기에는 얼마간의 행운이 따라야 한다고 생각한다. 그러나 격언에도 있듯이 행운 역시 거저 오지는 않는다. 끊임없이 음악을 갈망하고 귀를 활짝 열어 놓고 음악이 오기를 기다리는 사람에게 음악과의 만남이란 축복이 내린다.

70년대 초까지 명동 성당 앞에는 '크로이첼'이란 조그만 음악감상실이 있었다. 사람 여남은 명만 들어서도 금방 자리가 차 버리는 정말 조그만 사랑방이었다. 분위기는 좋게 말하면 가족적인 것이었고, 다르게 보면 괴짜들이나 출입하는 다소 음침한 장소였다. 어느 비오는 날, 나는 버스에서 내려 성당 언덕으로 천천히 올라갔다. 호주머니에는 겨우 교통비나 있을까 말까 했었다. 그러나 주머니가 가난한 자는 복이 있는 법이다. 이 말은 내 마음이 당시 그만큼 홀가분하고 자유로웠다는 얘기이다.

'크로이첼'은 가파른 층계를 한참 올라가서 5층 꼭대기에 있었다. 그 층계는 올라가는 사람과 내려오는 사람이 서로 마주치면 한 사람이 벽에 붙어 서야 겨우 다른 사람이 통과할 수 있을 만큼 좁았다. 5층 꼭대기로 올라갔더니 열린 문 사이로 전에 듣지 못했던 음악이 흘러 나왔다. 첼로 독주곡인데 무척 단조롭고 템포가 약간 빠르며 멜로디가 무척 귀에 설었다. 단조롭다는 건 첫인상이고 나는 금방 그 음악이 겉보기와는 달리 무척 복잡한 음악임을 느낄 수 있었다.

나는 홀에 들어서지 못하고 한동안 문 밖에서 그 이상한 음악을 들었다. 비가 오는 우중충한 날씨 탓인지 음악이 무척 우울하게 들렸다. 그렇게 단순한 소리를 내면서도 마음에 복잡한 파문을 불러일으키는 음악은 처음이었다. 나는 속으로 혼자 생각했다. '이런 음악은 처음이다. 왜 이런 음악을 이제야 듣게 되었을까? 이게 바로 내가 찾고 있는 그런 음악이 아닌가? 가장 단순하면서도 가장 복잡한 울림을 주는 그런 음악 말이다.'

그때 내가 들었던 음악은 바흐의 〈무반주 첼로 조곡 5번〉이었다. 카잘스의 연주였는데, 좀 과장해서 말한다면 이제까지 내가 몰랐던 새로운 어떤 세계를 처음 알게 된 것 같은 기분이 들었다. 그것은 분명 하나의 독자적인 우주였던 것이다. 어떤 사람이 그 음악을 두고 '음악 중의 음악', '세상의 음악 가운데 가장 높은 경지에 있는 음악'이라고까지 표현하는 걸 들었다. 카잘스가 〈마태 수난곡〉을 처음 듣고 몇 달 동안 몸져누웠다면, 나는 그 곡에 취해서 몇 달 동안 머릿속에서 그 멜로디만 생각하며 지냈다. 〈무반주 첼로 조곡〉과 카잘스 사

파블로 카잘스의 '초기 앨범'

이에 얽힌 얘기는 이 음악에 대한 애착심을 더욱 강하게 해 준다. 오랫동안 햇빛을 못 보고 묻혀 있던 이 악보를 하필이면 카잘스가 어느 악보가게에서 찾아낸 것이다. 이 곡은 오늘날 모든 첼리스트들에게 하나의 경전이 되어 있다.

어느 여름 저녁, 나는 친지에게 전화를 걸었다. 특별한 용건이 있었던 게 아니고 그저 문안 전화였다. 당시 나는 열댓 평의 아파트에서 혼자 살고 있었다. 저쪽에서 전화를 받는데 깨끗한 피아노 소리가 배경에서 들려 왔다. 그는 집에 있을 때는 언제나 음악을 듣는 사람이었다. 나는 무슨 말을 하려던 것도 잊고 전화선을 타고 흘러오는 피아노 소리에 귀를 기울였다. 그쪽도 눈치를 채고 잠자코 기다렸다. 멜로디가 몹시 감미로운가 하면 또 슬픈 색조를 띠고 있었다. 물방울이 튀기듯 명쾌한 소리를 들려주는 연주가 인상적이었다.
"어때, 들을 만한가?"
잠시 후에 저쪽에서 먼저 물었다.
"방금 지나간 그 대목, 건반이 떨리는 것 같은 그 대목 아주 좋은데요."
"자네 귀가 밝군. 나도 그 부분이 좋아서 이걸 자주 듣곤 하지. 글렌 굴드의 연주야."
글렌 굴드가 연주하는 〈프랑스 조곡〉을 처음 듣는 순간이었다. 그때 전화를 걸지 않았더라면 나는 여태 그 음악을 듣지 못했거나 듣더라도 한참 뒷날이 되었을 것이다. 또 다른 때 들었다면 그 음악이 그렇게 좋게 들리지는 않았을지 모른다.

만남이란 연인 사이도 그렇듯 때가 중요하다. 〈프랑스 조곡〉
에서 천진무구한 소년다운 연주를 들려주는 글렌 굴드도 몇
해 전 작고했다. 그는 피아노를 칠 때 흥이 나면 으레 입 속
으로 멜로디를 흥얼거린다. 음반 속에서 피아노 소리와 함께
그의 흥얼거림이 흘러나오는 걸 듣노라면 소음이란 느낌보다
도리어 피아노 소리를 사람의 숨소리로 따뜻하게 보완해주는
것 같은 느낌을 받는다. 억지스럽지 않고 자연스럽다는 말이
다.

　〈프랑스 조곡〉을 들은 뒤 어찌나 이 음악이 좋았던지 만나
는 사람마다 붙들고 마치 전도를 하듯 〈프랑스 조곡〉을 들어
보라고 권유하곤 했다. 그런 뒤 다음에 그 사람을 만났을 때
는 그 음악이 어떻더냐는 질문을 빠뜨리지 않고 던졌다. 나
는 지상에서 좋은 것을 두고 사람들과 이웃들과 함께 그것을
찬탄하고 싶었던 것이다. 그런데 유감스럽게도 거의 한 사람
도 나처럼 혹은 나와 비슷한 감흥을 그 음악에서 받은 사람
을 만나지 못했다. 지금도 나는 그 일이 하나의 의문으로 남
아 있다. 왜 사람들이 그처럼 좋은 음악을 몰라 볼까? 사람들
의 마음이 너무 현실적인 것에 얽매여 있기 때문이 아닐까?
그래서 귀를 틀어막고 살기 때문이 아닐까? 정말 그렇다면
우리는 값비싼 오디오를 구하기에 앞서 먼저 자기의 막혀 있
는 귀부터 열어 놓아야 할 것이다. 좋은 귀가 있어야 좋은 음
악을 들을 수 있는 것이다.

1부 음악 여행

- 명곡을 찾아서 -

흥거운 가락에 어린 삶의 비애

- 슈베르트 〈악흥의 한때〉

집 근처에 있는 조흥은행의 무인자동코너에 가면 언제나 피아노로 연주된 슈베르트의 〈악흥의 한때(또는 〈악흥의 순간〉)〉를 들을 수 있다. 착상은 아주 멋진데 유감스럽게도 테이프가 변질된 것인지 이 음악이 지닌 상쾌한 맛을 전혀 느낄 수가 없다. 언제 들어도 즐거움과 흥겨움을 전해주는 게 이 음악의 특징인데 도리어 참맛을 잃게 하는 것 같아 아쉬웠다.

대체로 음악을 처음 듣는 사람들은 많이 알려진 큰 스케일의 작품부터 찾는다. 유명한 교향곡, 연주시간이 긴 협주곡 정도를 들어야 음악을 들은 것 같은 기분을 느낀다.

여기에는 음악은 심각하고 딱딱하고 복잡성을 지닌 것이라는 고정관념이 들어 있다. 이것이 음악으로부터 정떨어지게 하는 큰 이유다. 무거운 주제, 한 시간씩 연주되는 교향곡을 잔뜩 긴장하고 듣는 것은 고역이지 즐거움과는 거리가 멀다. 그런 의미에서 짧고 간명하며 멜로디의 색채가 선명한 소품들을 자주 만나는 것은 음악과 친해지는 한 방법이 아닐까.

그까짓 소품 쯤이야 뭐 애써 귀담아 들을 게 있나, 이런 생각
을 하는 사람도 적지 않을 것이다.

그러나 소품은 음악의 맛과 색과 온갖 정취를 골고루 갖추
고 있으며 그 작곡가의 특징을 쉽게 느낄 수 있다. 그래서 나
는 음악을 듣는 사람이 대뜸 교향곡 이야기부터 꺼낼 때에는
그 얘기를 별로 귀담아듣지 않는다.

슈베르트는 '가곡의 왕'이라는 칭호도 있지만 아름다운 선
율의 창조라는 점에서 으뜸가는 작곡가다.

그는 많은 피아노 걸작품들을 만들어 냈는데 22곡으로 된
피아노 소나타, 〈즉흥곡〉과 〈환상곡〉 등이 독주곡으로 유명하
며 〈악흥의 한때〉 역시 전 6곡으로 된 그의 피아노 독주곡
걸작 중에 하나다. 표제로 보면 음악 자체에 바쳐지는 곡인
셈인데, 가령 바흐의 〈음악에의 헌정〉이 음악의 오묘함과 위
대함을 찬미한 노래라면 〈악흥의 한때〉는 음악이 주는 위안
과 즐거움을 흥겨운 가락에 실어 직설적으로 그려낸 소박하
고 아름다운 곡이라 할 수 있다.

첫인상은 그저 흥겹고 달콤하기만 한 듯하지만 자세히 들어
보면 삶의 비애가 이면에 숨겨져 있어 그것을 호소하는 느낌
을 받을 수 있다. 이 작품은 슈베르트가 죽기 전해인 1827년
지어진 것으로 건강이 급속도로 악화된 와중에서 어렵게 씌
어졌다.

켐프의 피아노 반주가 정평이지만 내 기억에는 블라디미르
호로비츠가 상트 페테르부르크 귀국무대에서 앙코르로 연주
했던 순간에 보석 같은 광채를 드러내지 않았나 생각된다.

나도 화면으로 잠시 봤지만 음악이 연주가에 따라 얼마나 달
라질 수 있는가를 절감하는 순간이었다. 요즘엔 카잘스, 샤
프란, 슈타커 등 대가들의 첼로 연주로 좀더 쉽게 이 음악의
별미를 즐겨볼 수도 있다.

호로비츠의 연주 모습

현대 첼로 역사의 산 증인

- 바흐 〈무반주 첼로 조곡〉

　1889년 어느날 바르셀로나의 한 악기점 구석에서 13세 소년 카잘스는 먼지를 잔뜩 뒤집어쓰고 있는 악보 하나를 발견했다. 이것은 지금 첼로의 성서로 대접받는 바흐의 〈무반주 첼로 조곡〉이 170년 동안의 오랜 잠에서 깨어난 순간이었다. 이 음악은 현대 첼로의 역사와 부침을 함께 하고 있다. 독주 악기로 첼로가 부상함에 따라 이 음악도 세간에 널리 알려지게 된 것이다. 20여 년 전만해도 우리 주변에 이 음악에 두 가지 상반된 반응이 존재했다. 최고의 예찬자와 지루해서 도저히 못 참겠다는 사람이 그것이다. 오죽했으면 음악실이 만원일 때 손님을 쫓아내는 한 방편으로 〈조곡 5번〉을 사용했을까.

　지금은 이 음악의 명성 때문인지 사람들 귀가 그 동안 많이 열린 탓인지 적어도 못 참겠다는 사람은 없는 게 무척 다행이다.

　이 음악보급에는 연주기술 개발과 해석을 포함해서 카잘스의 역할이 절대적이었다. 처음 발견한 뒤 무려 40년간이나

연구를 거듭한 뒤에야 비로소 이 음악연주를 녹음했다는 카
잘스의 자세에서 우리는 음악을 대하는 한 장인의 진지성과
성실성을 읽어낼 수 있다. 카잘스를 최상의 스승이자 전범으
로 여긴 로스트로포비치 역시 고희를 넘긴 최근에야 이 작품
전곡을 녹음한 디스크를 내놓고 있다.

　〈무반주 첼로 조곡〉은 6곡으로 되어 있는데 바흐가 35세이
던 1720년 작곡되었다. 이 시기는 쾨텐의 레오폴드 영주 밑
에서 비교적 행복하게 작곡에 전념하던 시기로, 바이올린의

엔리코 마이나르디의 〈바흐〉 앨범

성서로 지칭되는 〈무반주 소나타와 파르티타〉, 그리고 〈브란 덴부르크협주곡〉 등도 이 시기에 만들어졌다. 조곡은 고대 궁정발레에서 프랑스풍의 오페라 발레음악으로 이어진 양식 으로, 무곡 특유의 활달함이 큰 특징이며 비교적 간명한 형 식 속에 큰 스케일의 악상을 자유롭게 펼칠 수 있다는 장점 을 지니고 있다. 바흐는 이 조곡 외에도 피아노를 위해 6곡 의 〈영국 조곡〉과 6곡의 〈프랑스 조곡〉을 만들어냈다.

이 음악의 느낌을 말한다면 한마디로 〈경이로움〉이다. 어떻 게 오직 하나의 악기가 이처럼 깊고도 오묘한 소리를 울려줄 수 있는가. 이 음악은 그 이전에 들었던 다른 음악들에 비해 얼굴도 색채도 다르며, 이 음악을 듣는 것은 전혀 다른 세계 를 경험하는 것이다. 가장 단순한 것과 가장 복잡한 것이 이 음악 속에 함께 숨쉬고 있다. 바흐는 이 음악을 단순히 첼로 연습곡으로 만들었다고 하는데 오늘날 첼로를 공부하는 모든 학생, 모든 대가들이 이 작품을 필수의 '통과의례'로 여기는 걸 보면 작곡자의 의도는 충분히 반영된 셈이다.

이 음악연주에서는 아직도 파격의 울림을 들려주는 카잘스 를 으뜸으로 친다. 푸르니에의 연주는 특유의 우아함으로, 그리고 이탈리아인 엔리코 마이나르디는 군살이 제거된 담백 함으로 또 다른 평가를 받고 있다.

추억에의 파문

- 멘델스존 〈무언가〉

멘델스존의 〈무언가〉는 옛날이나 지금이나 내가 가장 즐겨 듣는 피아노 독주곡 중 하나다. 세월이 지나도 물리지 않는 것이 이 음악의 미덕이다. 이 음악은 들판에 무리지어 피어 있는 코스모스를 연상시킨다. 코스모스는 값을 치르고 사는 꽃이 아니지만 우아한 자태와 투명한 아름다움은 어떤 꽃과 견주어도 손색이 없다. 〈무언가〉가 바로 그런 음악이다. 규모가 크고 심각한 주제를 가진 교향곡이나 협주곡처럼 크게 이름을 떨치고 있지는 않으나 어떤 음악보다 아름답고 소중하게 여겨지는 음악인 것이다.

〈무언가〉는 연주시간이 불과 4~5분에 그치는 48곡의 소품들로 이뤄졌는데 이것은 작곡 시기에 따라 6곡씩 8집으로 묶여 있다. 그리고 소품들은 저마다 독자적 제목을 가진 게 특징이다. 〈달콤한 추억(즐거웠던 회상)〉〈베네치아의 뱃노래〉〈명상〉〈봄노래〉〈이별〉 등이 그것이다.

멘델스존은 그가 21세이던 1830년에 이탈리아를 여행했는데 이 작품은 그때 착상하여 만들게 되었다. 모든 창작이 그렇지만 특히 음악은 여행 중 탄생한 것이 많다. 유명한 〈비창〉도 차이코프스키가 파리 여행 중 악상을 얻은 것이다. 멘델스존은 이후 1845년 그가 36세가 될 때까지 15년에 걸쳐 48곡을 써냈는데 이것만 보더라도 그가 이 작품에 심혈을 기울였음을 알 수 있다.

〈무언가〉에는 〈베네치아의 뱃노래〉가 3곡이나 나온다. 이것은 운하에 떠다니는 곤돌라의 풍경을 노래한 것인데 멘델스존은 여행 중 이 소품을 만들어 누이인 환니에게 엽서 대신 보냈다고 한다. 여기 나오는 소품들은 어느 것 하나 빼놓을 수 없게 모든 곡이 주옥처럼 아름답고 신선한 매력을 가진 곡들이지만, 특히 첫곡인 〈달콤한 추억〉이나 〈봄노래〉 같은 음악은 언제 들어봐도 우리 마음에 추억의 파문을 일으키거나 알 수 없는 기쁨으로 가슴을 설레게 한다. 멘델스존은 〈바이올린 협주곡 e단조 작품64〉를 비롯, 많은 걸작을 남겼지만 작곡가 특유의 우아하고 섬세한 감수성이 잘 드러난 점에서 이 작품을 따를 작품이 없다. 피아노 음악에 남다른 애착을 가졌던 슈만조차 〈무언가〉에는 감탄을 아끼지 않았다.

"해질 무렵 무심코 피아노 앞에 앉아 건반에 손을 얹고 있으면 나도 모르게 흥얼거리고 싶은 가락이 떠오른다. 이런 경험은 누구나 갖고 있겠지만 그가 다른 사람 아닌 멘델스존 같은 재능있는 인물이라면 금방 〈무언가〉를 만들어낼 것이다."

이 음악연주의 모범으로는 발터 기제킹(1895~1956)이 꼽히고 있으나 최근에는 바렌보임이 두각을 나타내고 있다. 기제킹은 이른바 '신즉물주의' 연주로 이름을 떨치던 사람인데 그의 연주는 감정의 과잉을 피하고 학구적 태도로 악보에 충실한 연주를 하는 것이다. 그런 점에서 바렌보임의 연주도 전혀 손색이 없어 보인다.

천의무봉의 선율
– 모차르트 〈바이올린 협주곡 3·5번〉

"모차르트를 듣는 것은 18세기 유럽 전체음악을 듣는 것이다."

이것은 모차르트 예찬자인 신학자 칼 바르트의 말이다. 사람들이 모차르트를 다만 운좋은 천재로만 알고 있는데, 사실은 그가 자기 시대의 모든 음악을 열린 마음으로 받아들여 그것을 자기 음악 속에 용해시킨 숨은 노력가였음을 강조하는 말이다.

모차르트 바이올린 협주곡은 그가 19세이던 1755년 한 해 동안에 만들어진 5개를 포함, 7곡에 불과하다. 그나마 〈잘츠부르크협주곡〉이라 불리는 〈1~5번〉을 제외하고 나머지 두 곡은 별로 알려지지도 않은 상태로 묻혀 있다. 오랜 시간에 걸쳐 27곡의 피아노 협주곡이 만들어졌고 상대적으로 바이올린 협주곡에 비해 높은 예술성을 인정받는 걸 보면, 모차르트는 유독 바이올린 협주곡이란 양식에 크게 매력을 느끼지 못하지 않았나 의심을 갖게 된다.

그러나 〈바이올린 협주곡 3번〉과 〈5번〉은 그같은 혐의와 관

● 기돈 크레머의 연주 모습 ●

계없이 그의 어느 음악 못지않게 인기를 누리고 있으며 모차
르트의 특징을 가장 잘 드러내는 음악의 하나로 인정받고 있
다. 또 이 두 개의 협주곡에는 18세기 궁정음악의 특징인 우
아함과 밝은 색채가 잘 드러나고 있다.

　3악장의 협주곡 양식은 비발디에서 시작된 것으로, 이 협주
곡들도 비발디의 양식을 잘 답습하고 있으며 멜로디에서도
어느 부분은 다소 영향을 받은 흔적이 보이기도 한다. 이것
은 당시 비발디의 협주곡들이 그만큼 위세를 떨치고 있었다
는 반증이다.

　그러나 특히 〈3번〉부터 모차르트 독자 스타일이 나타나는데

독주 바이올린과 오케스트라의 대화가 좀더 활발하게 이루어지고 관악기를 더욱 많이 활용하는 것 등이 그것이다.

이 협주곡들의 가장 큰 특징은 무엇보다 쉬지 않고 분출하는 천의무봉의 선율에 있다. 화려하고 달콤하다는 점에서 비교의 대상을 쉽게 찾을 수 없다. 바이올린으로 옮겨지는 발랄한 주제의 선율은 그 밝음과 선명한 색채로 비할 데 없이 상쾌한 기분을 안겨준다. 때로는 턱없이 밝고 달콤한 점이 시비의 대상이 되기도 하지만 그 이면에 무엇이 숨겨 있나 좀더 신중하게 들어볼 필요도 있을 것이다.

〈5번〉은 기교상 난곡 중 하나로 꼽히는데 이 점이 연주가들의 의욕을 촉발시켜 무대에서 특히 자주 들을 기회가 있다. 이 곡 중간에는 터키풍의 리듬이 들어 있어 〈터키행진곡〉이라 불리기도 한다.

국내 출반된 것으로 필립스의 그루미오는 색채가 풍부하고 윤기 있는 소리를 들려주는 편이고, 그라모폰의 기돈 크레머는 깔끔한 대신 다소 차가운 소리를 들려주는데 이 두 연주가는 좋은 대조가 되는 것 같다.

동심의 세계
- 슈만 〈어린이의 정경〉

어느덧 가을이다. 조용한 피아노 음악을 들으며 뜨거웠던 여름을 잠시 회상하는 것도 좋을 것이다.

슈만(1810~1856)의 〈어린이의 정경〉은 각기 다른 이름들을 가진 13개의 소곡으로 이뤄진 서정성 짙은 음악이다.

연주시간은 불과 17분인데 너무 짧은 탓인지 이 작품이 지닌 미덕에 비해 덜 알려진 감이 있다. 비슷한 형식과 내용의 음악으로 멘델스존의 〈무언가〉를 들 수 있는데 〈무언가〉가 성인의 세계라면 〈어린이 정경〉은 말 그대로 어린날의 세계다.

그렇다고 어린이만 듣는 음악은 물론 아니다. 어린날의 기억은 누구에게나 일생 중 가장 아름다운 시절로 간직되고 있다. 이 음악을 듣노라면 그것을 확인하게 된다. 어느 순간 까맣게 잊혀졌던 유년기의 한 장면이 선명한 천연색 화면으로 눈앞에 불쑥 다가오기 때문이다.

슈만과 클라라의 사랑, 그리고 제자 브람스와 얽힌 우정과 애정의 이야기는 널리 알려져 있다. 이 작품은 슈만이 28세 때인 1838년에 씌어졌는데, 이 시기는 그가 피아노 스승이자

미래의 장인인 비크의 결사반대로 클라라와 헤어져 있던 아
주 괴로운 시기였다.

그 시기에 이처럼 밝고 천진스러운 작품을 만들어낸 점이
놀랍다. 어린이들을 위해 쓴 것이라기보다 자신의 어린시절
을 회상하며 만든 곡이다. 두 도막, 세 도막 형식으로 이뤄져
동심의 분위기가 잘 표현돼 있다.

온갖 역경을 딛고 1840년 클라라와 드디어 결혼에 이르는
데, 이 해에만 가곡의 걸작인 〈시인의 사랑〉 〈여인의 사랑과
생애〉 등 180곡의 노래를 만들어냈다니 사랑의 힘은 역시 위
대한가보다.

〈어린이의 정경〉 중 〈미지의 나라들〉 〈이상한 이야기〉에는
세상에 처음 눈떠가는 호기심 많은 어린이의 눈길이 아름다
운 선율로 그려지고 있고, 〈술래잡기〉 〈난롯가에서〉 등은 유

년의 그림이 아련하게 떠오를 만큼 그 시절을 직설적으로 표현하고 있다.

〈트로이메라이〉는 〈어린이의 정경〉 소곡들 중 가장 널리 알려졌고 무대에서도 앙코르용으로 자주 연주되는데, 이 곡은 제명과는 달리 실상 아주 슬픈 음악이다. 슈만은 클라라에 대한 사랑의 애달픔을 이 〈어린이의 정경〉 속에 슬쩍 끼워넣은 것이 아닐까?

이 음악을 가슴이 저며오도록 슬프게 연주하는 사람이 바로 블라디미르 호로비츠이다.

슬픔과 기쁨의 하모니
- 슈베르트 〈아르페지오네 소나타〉

아르페지오네는 19세기 초 빈에서 잠시 모습을 드러냈다가 사라진 6현의 악기로 지금은 이름만 기억된다.

당시 빈센츠 슈스터가 이 악기의 명연주자였는데 슈베르트는 1824년, 27세 때 슈스터를 위해 이 작품을 작곡한 것이다. 첼로를 위한 작품이 따로 없는 슈베르트에겐 지금 첼로 연주자들에게 인기곡이 되어 있는 이 작품 하나를 남겼다는 것이 무척 다행이라 하겠다.

"슬픔에 의해 만들어진 작품만이 사람들을 즐겁게 합니다."

이것은 이 작품을 작곡할 무렵에 슈베르트가 일기에 적었다는 말이다. 슈베르트는 항상 병고와 실연의 감정 등 불행 속에 살았다는 것은 잘 알려진 일이다.

그러나 이 작품을 들어보면 슬픔과 기쁨이 절묘하게 조화를 이루고 있고 결코 듣는 이에게 특별한 감정을 강요하지 않고 당당하고 의젓하게 음악 자체를 즐기게 해준다는 걸 알 수 있다.

이 작품을 쓰기 전 슈베르트는 병에서 막 회복됐고, 같은

해에 에스테르하지 백작 일가와 헝가리 체레스 지방을 여행
했는데, 이 기간 동안 그는 백작 딸과 사랑에 빠졌고 한편 경
치 좋은 체레스 지방의 정취를 만끽할 수 있었다.

슈베르트에겐 가장 행복한 한때였던 셈이다. 이 작품에서
샘솟듯 우러나는 신선한 선율은 병에서 회복돼 새로운 로맨
스에 취한 작곡가의 기분이 표출된 것이고, 헝가리 민속풍의
분방하고 경쾌한 성격을 발견할 수 있는 것은 여행지의 감상
이 고스란히 반영됐기 때문일 것이다.

1악장 알레그로 모데라토는 소나타형식으로 감미롭고 우수
에 찬 서주가 인상적이다. 이어지는 제2주제는 다소 흥겹고
경쾌한데 대조적인 두 주제가 전 악장에 걸쳐 사이좋게 조화

●첼리스트 미샤 마이스키●

를 이루고 있다. 단순한 선율 속에서 슈베르트 특유의 번뜩이는 영감을 느낄 수 있다.

2악장 아다지오는 변주풍으로 마치 첼로가 피아노 반주에 맞춰 리드를 노래하는 것처럼 들린다. 슈베르트는 타고난 가객답게 그리움과 슬픔 가득한 노래를 흐트러짐없이 담담하고 여유있게 들려주고 있다.

3악장 알레그레토는 론도형식으로 1·2악장이 혼합된 느낌을 준다. 첼로는 가요적인 제1주제를 노래하고 제2주제는 1악장의 제2주제와 흡사하다. 전체적으로 활기있고 분방한 느낌을 준다.

연주는 미샤 마이스키와 아르헤리치의 판이 필립스에서 나와 있고, 중후한 느낌을 주는 로스트로포비치와 벤저민 브리튼의 것이 데카에서 나와 있다.

피아노 소나타의 신약성서
- 베토벤 〈피아노 소나타 제23번 열정〉

　'피아노 소나타의 신약성서'라 불리는 베토벤의 피아노 소나타는 현재 알려진 것만 32곡이다. 이 가운데 3대 소나타로 알려진 〈비창〉 〈월광〉 〈열정〉이 가장 많은 사랑을 받는 곡들이다.

　베토벤은 전 생애에 걸쳐 피아노 소나타를 작곡했는데 이들 작품은 작곡시기에 따른 작곡가의 경향을 잘 드러낼 뿐 아니라 그 명성에서도 베토벤 음악에서 아주 중요한 자리를 차지하고 있다.

　특히 피아노 소나타 제23번 f단조인 〈열정〉은 교향곡 〈운명〉과 함께 베토벤 제2기를 대표하는 걸작으로 고금의 피아노 소나타 중에서도 최고의 자리에 놓여지는 작품이다.

　〈열정〉은 단순한 피아노 소나타라기보다 일정한 체계를 갖춘 고품위의 '명상록'이라고 할 만하다. 피아노가 그 표현의 한계를 벗어나 스스로 명상을 펼쳐가는 모습을 보여주기 때문이다. 그 소리는 은밀한 메시지로 들리기도 하고 따뜻한 위안의 속삭임으로 들리기도 한다. 1805년 34세에 쓴 걸로

피아니스트 에밀 길렐스와 아마데우스 현악 4중주단

추정되는 이 작품에서 이미 베토벤은 고전주의 소나타의 단정한 규범에서 한참 벗어나 격정과 사색을 자유롭게 펼쳐가는 낭만주의의 한자락을 보여주고 있다.

이 곡의 속명인 〈열정〉은 작곡가의 의도와 관계없이 출판업자 크란츠란 사람이 붙인 것인데, 결과적으로 이 음악의 성격과 아주 잘 부합하는 이름이 되었다. 이 작품은 한때 연인이었던 테레제의 아버지이며 친구이기도 했던 브룬스빅 백작에게 바쳐졌다.

1악장 알레그로 아사이는 은밀한 피아노로 제1주제가 시작되며 뒤이어 등장하는 교향곡 〈운명〉의 동기는 전 악장에 걸쳐 나타나 긴장감과 엄숙한 분위기를 고조시킨다.

2악장 안단테는 주제와 3개의 변주곡으로 되어 있다. 잠자는 깊은 바다처럼 한없는 고요 속에 명상이 펼쳐진다. 좀처럼 드러나지 않는 은밀한 아름다움이 느껴진다.

 3악장 알레그로는 격정적인 화음의 연타로 시작되는데 주제는 좀 특이해서 단순한 격정의 반복으로 시종한다. 폭풍우가 몰아치듯 격렬하게 끝맺는 마지막이 인상적이다.

 베토벤은 이 작품에 관해 제자가 물었을 때 셰익스피어의 〈템페스트〉를 읽어보라고 말했다 한다. 특히 3악장을 들어보면 그가 파탄과 격정의 연속인 이 드라마를 지목한 이유를 어렴풋이 알 것 같기도 하다.

 연주는 에밀 길렐스의 것과 빌헬름 켐프의 것이 그라모폰에서 나와 있다.

독특한 우수의 애가
- 라벨 〈죽은 왕녀를 위한 파반〉

이 작품은 라벨의 개성이 아직 확립되기 이전의 초기작품이며 그의 다른 피아노곡에 비해 기교상 별다른 특색은 없지만 세간에 인기가 높다. 그것은 이 곡이 지닌 독특한 우수 및 우아한 기품의 제목과 어울려 큰 매력으로 작용하기 때문일 것이다. 라벨은 흔히 드뷔시의 계승자로 인식되고 있지만 이 두 사람은 거의 같은 시기에 활동했고 자세히 관찰해보면 음악성격도 큰 차이를 드러낸다.

드뷔시의 출세작 〈목신의 오후에의 전주곡〉이 1892~1894년에 작곡된 데 비해 〈죽은 왕녀를 위한 파반〉은 1899년, 라벨이 24세 때 작곡된 것이다. 드뷔시의 음악이 대상에서 얻은 이미지를 주관에 의해 그렸다면, 라벨은 대상 자체의 시각적 모습을 객관적으로 충실히 그리려고 했다는 차이가 있다. 라벨은 드뷔시의 애매성, 변덕이 심한 감각에 의존하는 것과는 분명히 다른 길을 걷고 있다.

이 작품은 라벨이 아직 파리음악원에서 포레의 작곡지도를 받고 있던 시기에 탄생한 것으로 그의 스페인적 취향, 민속

모리스 라벨

리듬을 애용하는 보다 현실적 태도 등이 일찍부터 엿보인 독특한 작품이다.

한편 불행에 빠져 슬퍼하는 아리따운 공주의 모습을 연상케 해주는 애잔한 작품이기도 하다. 제목에 나오는 '인펀트 (infante)'는 고대 스페인의 왕녀를 가리키고, '파반'은 16~17세기에 스페인 궁중에서 유행하던 매우 우아한 무곡으로 라틴어로 공작이란 뜻이다. 라벨은 아름다운 공주의 죽음을 슬퍼하는 엘레지를 이처럼 우아하고 기품 있는 음악으로 그려낸 것이다.

라벨의 작품 중에 기교적으로 이보다 뛰어난 피아노 작품들은 많이 있다. 물의 생태를 회화적으로 생생하게 그려낸 〈물의 유희〉, 다양한 피아노 기법들이 동원되고 있는 〈쿠프랭의 무덤〉, 프랑스 시인 베르트랑의 환상적인 시에서 이미지를 빌려온 〈밤의 가스파르〉 등이 그런 작품들이다. 특히 〈쿠프랭의 무덤〉과 〈밤의 가스파르〉는 라벨의 개성이 확립된 시기의 작품으로 드뷔시와 달리 형식이나 주제가 선명한 라벨 음악의 진면목을 보여준다.

초기 작품에 다소 불만을 가졌던 라벨은 1910년 〈죽은 왕녀를 위한 파반〉을 직접 관현악곡으로 편곡했는데 작곡가의 뛰어난 관현악 수법에 의해 보다 색채가 풍부해진 이 작품이 지금은 원곡보다 더욱 사랑을 받고 있다.

연주는 라벨로부터 직접 피아노를 배운 페를 뒤테르의 것이 프랑스적 감각을 살린 것으로 정평이 나있고, 최근 음반으로는 베르너 하스의 필립스판이 있다.

물감처럼 번지는 매혹의 바이올린 선율
- 크라이슬러 〈사랑의 기쁨〉

크라이슬러의 〈사랑의 기쁨〉은 그의 바이올린 소품집 속에 들어있는 작품 중 하나다. 이 작품을 비롯, 〈사랑의 괴로움〉 〈아름다운 로즈마린〉 〈중국의 큰북〉 〈비엔나 카프리스〉 등은 비록 2~3분에 그치는 짧은 작품들이지만 어떤 명곡 못지않게 대중적 사랑을 받는 음악들이다. 아무리 무심한 사람도 쉽고 간결한 노래로 호소해오는 이 음악을 들으면 감정이 움직이지 않고는 못 배겨낼 것이다. 크라이슬러의 음악은 기품 있고 아름다우면서 표현방식은 매우 직설적이다. 프리츠 크라이슬러(1875~1962)는 20세기 후반을 대표하는 바이올린 연주의 명인이며 적지않은 바이올린 작품을 작곡한 작곡가이다.

그는 벨기에 출신의 바이올리니스트 유진 이자이가 그랬듯이 자신의 연주무대 레퍼토리를 채우기 위해 자주 작곡, 편곡을 했는데 주로 소품들인 이 작품들은 아름답고 호소력이 뛰어난 선율의 매력으로 지금도 많은 청중들의 사랑을 받고 있다. 연주가로서 크라이슬러는 냉정한 이지적 연주가라기보다 활을 잡는 순간 저절로 열정의 선율을 분출해내는 타고난 재능의 연주가였다. 그의 작품 역시 복잡한 의미체계보다는 자연스런 감흥의 산물에 가깝다.

크라이슬러만큼 재능있는 사람이 왜 평생 소품의 세계에서만 맴돌았는지 의문을 제기하는 사람도 있으나 이것은 그의 예술적 체질이라고밖에 볼 수 없다. 크라이슬러는 초기에 자기 작품을 〈고전적 초고〉라는 이름으로 발표했기 때문에 사람들은 이것 역시 그가 즐겨 다룬 고전의 편곡쯤으로 알았다. 그는 1935년에 자기 창작임을 스스로 밝혀 주위를 놀라게 했다는 일화가 있다. 작곡가의 그런 겸양 탓인지 이들 작품은 정확한 작곡연대가 밝혀지지 않고 있다.

그의 작품 중 백미는 아무래도 비엔나의 옛 정취에서 태어난 〈사랑의 기쁨〉〈아름다운 로즈마린〉〈비엔나 카프리스〉 등이라고 하겠다. 이들 작품은 왈츠의 무도회장을 연상시키는데 대체로 분위기가 유사하다. 특히 앞의 두 작품은 젊음의 광채, 사랑의 감미로움과 애달픔을 그리고 있다는 점에서 서로 혼동할 만큼 닮아 있다. 이처럼 매혹적인 사랑의 노래도 아마 흔치 않을 것이다. 오래 움츠렸다가 활짝 피어나는 기쁨의 순간, 그리고 뒤이어 찾아오는 슬픔이 선명한 물감처럼 마음에 번져온다.

크라이슬러는 나치를 피해 뉴욕에 정착했고 미국시민으로 삶을 마쳤지만 철저한 비엔나 음악인이었다.

연주는 작곡가 자신의 연주가 명반으로 남아 있고, 최근 것으로는 EMI에서 나온 이츠하크 펄만의 것이 높은 평가를 얻고 있다.

중년 여인의 관능미
- 라흐마니노프 〈피아노 협주곡 제2번〉

최근 영화 〈샤인〉으로 화제가 되었던 세르게이 라흐마니노프(1873~1943)는 19세기 말에서 20세기에 걸쳐 활약한 피아니스트이자 작곡가이다. 그는 4곡의 피아노 협주곡을 작곡했는데 2번과 3번이 가장 자주 연주되며, 특히 2번은 잘 짜여진 구조와 서정성 가득한 선율로 20세기 피아노 협주곡 중

걸작의 하나로 평가된다.

이 작품은 작곡가가 한때 실의에 빠져있다가 심리치료를 받고 회복된 후 처음 써낸 재기작이라는 의미도 있다. 그는 28세이던 1901년 이 작품을 썼는데 자신을 치료한 달 박사에게 작품을 헌정했다.

작곡가는 먼저 2·3악장을 완성, 공개연주하여 호평을 얻은 뒤 비로소 1악장을 완결했다 하는데 그가 멋진 재기를 위해 이 작품에 얼마나 공을 들였는가를 알게 해주는 일화다. 초연은 1901년 10월에 작곡가 자신에 의해 모스크바에서 있었는데 대성공이었다.

라흐마니노프의 작품은 같은 시대의 스크랴빈이나 바실렌코 등이 인상주의 등 근대음악의 영향을 강하게 받은데 반해 낭만주의 전통에 충실히 따르고 있다. 그의 음악바탕이 러시아적 서정과 애수에 있다는 점에서 그는 차이코프스키를 이어받은 작곡가라고 할 수 있다.

〈피아노 협주곡 2번〉은 특히 로맨틱한 분위기와 러시아적 애수로 가득하며 흡사 관능적인 중년 여인의 분위기를 연상시킨다. 이 협주곡은 4대의 호른, 3대의 트롬본과 튜바 등 악기편성에서 규모가 큰 편이다.

1악장 모데라토. 숲이 우거진 평원을 연상케 하는 장려한 서주에 이어 섬세한 피아노가 관현악의 주제 사이로 흐른다. 피아노로 연주되는 제2주제는 다소 감상적이며 달콤하기 그지없다.

2악장 아다지오 소스테누토. 애상조의 선율이 그치지 않고 흐르는 대단히 조용하고 서정적인 악장. 플루트, 파곳, 클라리넷 등 관악기와 피아노가 어울려 독특한 분위기를 이끌어낸다.

3악장 알레그로 스케르찬도. 피아노의 기교적인 면과 힘찬 합주가 어우러져 화려하고 때로는 격렬한 맛을 드러낸다.

이 작품이 유독 영화와 많은 인연을 갖게 된 것은 이 음악의 로맨틱한 분위기 때문일 것이다. 영국영화 〈밀회〉와 미국영화 〈애수〉에서도 이 음악이 차용되고 있다. 그뿐 아니라 가사가 딸린 노래로, 혹은 경음악으로 편곡되기도 한다. 그만큼 대중성이 있다는 증거다.

연주는 최근 것으로 아슈케나지와 하이팅크가 협연한 것이 있고, 루빈슈타인이 시카고 심포니와 협연한 것이 명반으로 꼽힌다.

핀란드 자연이 낳은 환상의 선율

- 시벨리우스 〈바이올린 협주곡〉

애국적 교향시 〈핀란디아〉로 잘 알려진 시벨리우스의 주요
업적은 7개의 교향곡과 5개의 교향시로 집약된다. '근대 낭

만파음악의 아버지'란 칭호를 듣는 그이지만 개인적 감성을 아기자기하게 묘사한 소품과는 거리가 멀다. 협주곡도 알려진 것은 〈바이올린 협주곡 d단조〉 한 곡뿐이다.

그러나 이 작품은 20세기의 훌륭한 바이올린 협주곡들인 바르토크, 스트라빈스키 등의 작품보다 훨씬 인기가 있다. 그 이유는 핀란드의 자연을 그대로 옮겨놓은 것 같은 이 작품의 독특한 환상적 선율과 풍성한 관현악의 울림에 있을 것이다. 시벨리우스의 음악은 핀란드의 자연에서 탄생한 것이고 그만큼 민족주의 색채가 강하다. 그의 음악에는 북구의 숲과 피오르드, 눈덮인 산의 풍경들이 자주 모습을 드러낸다. 작곡가 자신도 '자연의 시인'으로 불리는 걸 좋아했다.

이 협주곡은 1903년 38세 때 씌어졌는데 교향시 〈핀란디아〉로 이미 국민적 영웅이 된 뒤의 일이다. 처음에는 헝가리 출신 바이올리니스트 프란츠 폰 베사이를 위해 구상했던 것인데, 여러 차례 수정을 하는 바람에 1905년에 출판되고 그해 10월 베를린에서 다른 연주가에 의해 공개초연됐다.

시벨리우스 자신은 한때 바이올린 연주자를 꿈꿨을 정도로 이 악기를 잘 알았다. 그러나 이 협주곡의 특성은 화려한 기교에 있지 않고 신화를 간직한 북구의 자연 신비를 예술로 승화시켰다는 점에 있다. 3악장에서는 뛰어난 기교가 발휘되기도 하지만 전체적으로 북구의 음울한 분위기와 거대한 자연 앞에서 느끼는 감동과 엄숙한 기분이 지배하고 있다.

1악장 알레그로 모데라토는 이같은 북구적 분위기의 선율이 기상곡풍으로 다채롭게 오랫동안 펼쳐진다.

　2악장 아다지오는 숲속에서 오래 잠자는 깊은 호수처럼 참으로 조용한 악장이다. 관현악은 때로 교향악적인 당당한 울림을 전하지만 물 위를 미끄러져가는 바람 같은 매우 서정적인 바이올린 선율이 주조를 이룬다.

　3악장 알레그로는 민속춤곡풍의 활달한 악상으로 오랜 침묵과 묵상에서 비로소 벗어나는 해방감을 맛보게 한다.

　이 음악은 최근에 더욱 진가를 인정받고 활발하게 연주되고 있다. 이 음악연주에는 독자적인 곡해석에 열의를 보이고 있는 영국 출신 나이젤 케네디와 버밍엄 심포니가 협연한 음반이 있고, SP시대의 명연으로 지네트 느뵈의 것이 있다.

스페인이 느껴지는 매혹의 기타 선율
- 로드리고 〈아란후에스 협주곡〉

호아킨 로드리고의 〈아란후에스 협주곡〉은 타레가의 〈알함
브라 궁전의 추억〉과 함께 스페인 기타음악 가운데 가장 인
기있는 음악의 하나이다.

우연히도 두 작품 모두 스페인역사의 음영을 간직한 궁전을
배경 삼고 있다. 로드리고는 현대 스페인을 대표하는 기타음
악의 작곡가이자 뛰어난 기타 연주자이기도 하다.

민속음악 악기 수준에 머물러 있던 기타를 당당한 독주악기
로 끌어올린 사람은 세고비아다. 세고비아보다 조금 뒤에 태
어난 로드리고는 이 악기의 이같은 위상변화를 바탕으로 스
페인 기타음악을 활짝 꽃피운 것이다.

〈아란후에스 협주곡〉은 스페인 특유의 정서가 깊이 스며 있
다는 특징 외에도 기타와 관현악의 조화가 아주 절묘하게 이
뤄진 매력 넘치는 작품이라고 할 수 있다.

로드리고는 이 작품을 37세 때인 1939년에 썼는데, 그는
18세기에 재건된 카를로스 3세의 별궁이 있는 아란후에스를
방문하고 이 작품을 쓰게 되었다 한다. 이 별궁은 1808년 페

르난도 왕자가 부친인 카를로스 4세에 의해 감금되었다가 지방 농민들의 봉기에 힘입어 국왕으로 옹립되었다는 비사를 간직하고 있는 곳이다. 이 비사가 작품 속에 직접 개입되었다는 증거는 없다.

그러나 이 작품을 들어보면 시력이 극도로 나빴다는 작곡가가 고궁의 뜰을 거닐며 남달리 예민한 촉감으로 왕자의 비극과 영광의 순간을 악상으로 담았으리라는 추측을 하게 된다.

경쾌한 기타독주로 시작되는 1악장은 화려한 관현악의 합주로 이어지며 스페인 특유의 발랄한 리듬과 함께 기타와 관

현악의 멋진 화음을 만끽할 수 있다.

2악장 아다지오는 기타가 마치 지난 시대의 이야기를 속삭이듯 애잔한 선율을 차분하게 들려준다. 기타의 갖가지 기법을 선보이고 있다. 애잔한 선율로 호소력이 강한 2악장은 대중음악으로 편곡되어 특히 많이 알려져 있다.

3악장은 관악기의 역할이 커지면서 흡사 개선행진곡의 분위기를 연출한다. 선율은 보다 현대적 성격을 띠고 있고 강한 주제를 느끼게 한다.

로드리고의 작품은 이밖에도 〈축제협주곡〉〈안달루시아협주곡〉, 기타의 명인 페페 로메로에게 헌정한 〈마드리갈협주곡〉등과 기타를 위한 많은 소품들이 있다.

연주에는 나르시소 예페스가 스페인 방송관현악단과 협연한 것이 있다. 현대 스페인 기타음악 연주를 대표하는 예페스는 이 작품으로 데뷔무대를 장식했던 사람인데, 몇 년 전 69세 나이로 자신의 정력적인 연주생애를 마감했다.

그림이 있는 음악

- 무소르크스키 〈전람회의 그림〉

이 작품은 라벨의 관현악 편곡으로 널리 알려졌지만 막상 피아노 독주곡으로 된 원작은 들을 기회가 많지 않다. 그러나 솔직담백한 원작의 매력이 최근 평가를 받아 많은 음반을 통해 되살아나고 있다.

10개의 그림을 소재 삼아 사실적 묘사기법으로 작곡된 이 작품은, 19세기의 가장 독창적인 피아노작품이며 작곡가의 이름을 널리 알려준 그의 대표작이기도 하다.

무소르크스키는 친구인 건축가 하르트만이 39세로 일찍 죽은 뒤 그의 유작전이 열리자 그림구경을 갔다가 이 작품을 구상하게 되었다. 그의 이해자이며 후원자였던 고마운 친구를 추모하는 작품을 쓴 셈인데, 35세 때인 1874년 비교적 단기간에 작품을 완성해 또 한 사람의 절친한 동반자이자 전람회 주선자였던 미술평론가 스타소프에게 작품을 헌정했다.

무소르크스키의 작품은 솔직하고 독창성이 강하며 러시아 민속색채가 짙게 배어 있다. 그는 정통 음악교육을 받은 경험이 없으며 오직 자기 감수성과 독창성에 의존해 작품을 썼는데, 그의 아마추어적 바탕이 도리어 자유분방하고 신선한 감각을 발휘하는 데 도움이 되었을 것이다. 이것은 그보다 한 해 뒤에 태어난 차이코프스키가 서구 전통음악을 답습해 보다 세련된 음악을 만든 것과 좋은 대조가 된다.

〈전람회의 그림〉은 그림을 구경하는 사람이 전시장에 들어가서 그림 하나하나를 차례대로 구경하는 과정을 감상의 느낌과 동작까지 세밀하게 사실적으로 그려낸, 기발하고 재미있는 작품이다.

여기에는 그림제목을 그대로 옮겨온 10개의 소곡과 그림 사이를 옮겨가는 동작을 묘사한 5개의 간주곡이 프롬나드(산책)란 표제로 들어있다. 그림은 각각 독자적 주제와 분위기를 갖게 마련이다. 10개의 소품 역시 성격은 저마다 뚜렷하

다. 빗자루를 타고 날아다니는 마녀의 설화를 그린 〈바바 야
가의 오두막집〉이 짙은 우화성과 장난기가 교차하는 빠른 음
악인가 하면, 고대 러시아풍 건축물을 그린 〈키예프의 대문〉
은 당당하며 장엄한 맛이 있다. 그밖에도 난쟁이의 어색한
동작을 그린 〈난쟁이〉, 프랑스 소도시의 시장풍경을 그린 〈리
모주 시장〉, 폴란드 농촌의 마차를 그린 〈소달구지〉 등이 있
다. 이 음악은 전람회의 그림처럼 소리의 색채가 다채롭다.

　프롬나드는 러시아 민속색채가 강한 유려한 선율로, 그때그
때 기분의 변화에 따라 변주곡 형태를 띠고 있으며 때로는
생략되기도 한다.

　연주는 필립스의 브렌델, 그라모폰의 라자르 베르만이 있
다.

지상에서 가장 아름다운 '이브'

- 멘델스존 〈바이올린 협주곡〉

지상에서 가장 아름다운 바이올린 협주곡.

이 곡은 여성적 우아함과 풍성한 화음으로 남성적 힘과 기백을 뿜내는 베토벤의 협주곡과 쌍벽을 이룬다. 한쪽에 아담, 한쪽에 이브라는 재미있는 호칭을 붙여주기도 한다. 이 호칭이 걸맞을 정도로 고금동서를 통해 걸작이라는 이 두 작품의 성격은 대조적이다.

멘델스존의 유일한 바이올린 협주곡이기도 한 이 곡은, 기교면에서 바이올린이란 악기의 특성을 가장 잘 살렸고 어느 음악보다 감각적이고 매력적 화음으로 가득 차 있다는 점에서 독일 낭만주의음악의 풍요한 결실로 평가받는다.

멘델스존은 게반트하우스 지휘자로 있던 1838년 이 악단의 악장이던 페르디난트 다비트를 위해 바이올린 협주곡을 쓰기로 마음먹었다. 다비트는 뛰어난 바이올린 주자이며 작곡가와 깊은 우정을 나눈 사이였다.

곡이 완성된 것은 1844년, 멘델스존이 35세 때인데 그는 6년간이나 이 작품의 완성도를 높이기 위해 노력을 기울인 것

———————— 연주하는 12세의 멘델스존. 뒤에 서 있는 사람은 괴테 ————————

이다. 이 작업에서 다비트는 작곡동기를 주었고 기교상의 조
언을 아끼지 않았다는 점에서 이 작품과 인연이 깊은 인물이
다. 이 작품 초연자도 물론 다비트였다. 이것은 브람스가 그
의 바이올린 협주곡을 만들 때 요아힘과 맺었던 관계와 흡사
하다.

　멘델스존은 형식은 고전주의자, 내용과 정신은 누구보다 낭
만주의에 충실했던 작곡가다. 그의 음악은 마치 자연풍경을
옮겨놓은 것 같은 짙은 서정적 풍취와 로맨틱한 감성으로 가
득하다. 선율은 지극히 아름답고 매력적이다.

　1악장에서 조용히 흐르는 아름다운 서주를 듣는 순간에 누
구나 이 음악 속으로 끌려들고 말 것이다. 2악장 안단테에서

는 멘델스존 특유의 감성적 멜로디가 극치를 이룬다. 빠르게 전개되는 3악장에서는 경쾌하고 화려한 바이올린 기교의 참맛을 즐길 수가 있다.

심각한 주제, 구원의 복음을 들려주는 음악-사실 그런 음악은 그렇게 많지 않다-을 특별히 필요로 하는 게 아니라면, 음악을 단지 즐기고 그것을 통해 기쁨을 얻는 게 목적이라면 멘델스존이란 이름은 언제나 최상의 보증서를 제공한다. 그리고 이 협주곡은 그 중에서도 귀를 즐겁게 하는 갖가지 요소를 고루 갖춘 성찬과 같다.

지금 활약하는 연주자 중 김영욱은 이 작품 연주에 일가견이 있다. 그가 초등학교 5학년 때던가, 어느 야외무대에서 시향과 협연으로 이 작품을 너무 어른스럽게 연주해 사람들을 놀라게 했던 일이 떠오른다. 안네 소피 무터는 여성답지 않게 이 작품에서 탄력 넘치는 연주를 들려주고 있다.

실내악곡의 백미
- 베토벤 〈피아노 3중주곡 7번〉

흔히 '대공트리오'로 불리는 이 곡은 7편 정도로 알려진 베토벤의 피아노 3중주곡 중 가장 뛰어날 뿐 아니라 고금의 많은 실내악곡 중에서도 백미로 꼽힐 만큼 빼어난 걸작이다. '대공트리오'란 이름은 베토벤과 평생 우정을 나눈 친구이며 그의 열렬한 지지자이기도 했던 오스트리아의 공자 루돌프에게 이 작품이 헌정되어 얻어진 이름일 뿐이다. 그러나 이 작품은 명칭에 어울릴 만큼 고귀한 품성과 우아한 악상으로 짜여져 듣는 사람에게조차 정신의 고양을 느끼게 한다.

이 작품이 씌어진 것은 1811년 베토벤이 원숙기로 접어든 41세 때인데, 베토벤 전기로 유명한 로맹 롤랑은 이 시기에 많은 걸작들이 양산되었다 해서 이 시기를 '걸작의 숲'으로 명명한 바 있다. 〈교향곡 5번 운명〉〈교향곡 6번 전원〉〈열정소나타〉〈피아노 협주곡 5번 황제〉등이 이 시기 작품으로 이들 작품은 〈대공트리오〉와 함께 고전에서 낭만파음악으로 옮겨가는 작곡가의 변화의 특징들을 보여주고 있다. 격렬한 감정표출, 극적 효과와 긴장된 분위기, 리듬의 돌발적 변화

등이 이 시기 작품들에서 한층 두드러지게 나타나는 것이다.

1악장 알레그로 모데라토는 서주 없이 피아노로 시작되는데 이 선율은 무척 단순하나 일상적 감성과는 다른, 보다 높은 세계를 지향하는 의미를 함축하고 있다. 이 시작의 선율은 작품의 얼굴이며 상징이다. 아름다운 피아노의 경과부를 거쳐 제2주제가 나타나는데 피아노와 첼로가 서로 교차하며 주제를 반복한다. 전체적으로 높은 기품이 느껴지는 악장이다.

2악장 스케르초는 첼로와 바이올린의 활기 있는 연주로 시작되는데 이 주제선율은 악장의 끝까지 이어진다. 세 악기가 서로 경쟁하듯 강약을 교차하며 대화를 이끌어가는 모습이 경쾌하게 느껴진다.

3악장 안단테 칸타빌레는 경건하고 서정성 짙은 주제음과 4개의 변주로 되어 있다. 주제선율은 흡사 종교음악처럼 경건하다. 4개의 변주부는 섬세한 리듬, 아기자기한 화음으로 아름답기 그지없다.

4악장 알레그로 모데라토는 전형적인 론도형식으로 전원적 분위기를 느낄 수 있다.

빈에 있는 베토벤 광장의 베토벤 상

베토벤 음악의 바탕은 신과 자연 앞에서 긍정적이며 경건한 자세를 갖는 것이다. 이 음악에서도 그것을 강하게 느낄 수 있다.

연주는 꿈의 트리오라고 할 만한 코르토, 티보, 카잘스 팀이 오래전 녹음한 것을 EMI에서 재생한 판이 있고, 보자르 트리오의 연주가 필립스에서 나와 있다.

동경의 세계 담긴 세속음악의 걸작

- 바흐 〈프랑스 조곡〉

　바흐의 〈프랑스 조곡〉은 바흐의 널리 알려진 다른 걸작품들에 가려 그 광채를 제대로 발산하지 못하는 것 같다. 같은 피아노곡 중 스케일에서는 〈영국 조곡〉에 뒤지고 유명도에서는 〈골드베르크 변주곡〉에 앞자리를 양보한다. 그러나 바흐의 피아노곡에서 막상 하나를 선택하라면 이 음악에 손을 들어줄 사람도 적지 않을 것이다.

　〈프랑스 조곡〉은 모두 6곡으로 씌어졌는데 곡마다 색채가 다르며 후반구조도 조금씩 바꾸고 있다. 이를테면 조곡의 기본축이 되는 알르망드, 쿠랑드, 사라방드, 지그를 제외하곤 미뉴에트, 부레, 가보트 등을 바꿔 사용하는 것이다. 조곡이 프랑스 오페라의 무용음악에서 유래한 것은 알려진 일이다. 이 음악 역시 간결한 형식 속에 분방한 악상을 그려내는 조곡의 전형적 작품이다. 이 음악의 가장 두드러진 매력도 바로 거기에 있다. 어찌보면 단순하고 간결한 선율인데 마치 요술을 부리듯 영롱한 빛을 발하는 온갖 색채가 선율 속에 난무하는 것이다. 〈프랑스 조곡〉은 바흐의 작품 중 이른바

〈세속 음악〉에 속하는 것이다.

바흐는 그의 생애 중 가장 행복했다는 쾨텐시절에 이 작품을 썼는데(1722년), 같은 해에 〈영국 조곡〉〈관현악을 위한 조곡 C장조〉와 〈조곡 d단조〉〈평균율 클라비어곡집 제1권〉 등 걸작을 잇따라 써냈다.

이 기간에 이처럼 세속음악의 걸작들이 나오게 된 것은 그가 잠시나마 교회직에서 풀려날 수 있었고, 그리고 후원자인 레오폴드 공작이 복잡한 교회음악에 흥미를 갖고 있지 않았기 때문이었다. 만약 상황이 반대였고 그 결과 〈프랑스 조곡〉 등 앞서 열거한 세속음악들이 태어나지 못했다면 그것은 인류에게 큰 불행이었을 것이다. 특히 〈프랑스 조곡〉을 들어보면 이 음악은 신이 바흐를 통해 인류에게 내린 선물이란 말이 저절로 떠오르게 된다.

황태자의 결혼을 축하하는 대무도회

그럼에도 불구하고 바흐 음악에 친근감을 갖기 어렵다고 말하는 사람이 적지 않다. 그 까닭은 그의 음악이 감성적 언어로 쉽게 설명되지 않으며 일정한 주제로 규정하기도 어렵기 때문일 것이다. 아름답다거나 서정적이라는 표현은 확실히 적절하지 않다. 지드는 그 세계를 '동경'이라고 말했는데 아마 그의 소설주제인 '피안'과도 통하는 뜻일 것이다. 바흐 음악에는 대중적인 요소가 있고, 〈프랑스 조곡〉 역시 그런 요소를 많이 가지고 있다.

괴팍한 기질로 알려진 글렌 굴드는 이 음악연주에서 특이한 개성으로 명성을 얻고 있다. 그가 6곡 전곡을 녹음한 것이 소니에서 나와 있다.

인상주의 그림 같은 감각적 선율

- 드뷔시 〈전주곡〉

쇼팽이나 스크랴빈이 피아노를 위해 24곡의 전주곡을 작곡한 것처럼 클로드 드뷔시도 각각 12곡으로 된 2집의 전주곡을 작곡했다. 그러나 쇼팽의 전주곡과 드뷔시의 전주곡은 〈피아노를 위한 매우 아름다운 소품집〉이라는 공통점말고는 닮은 점이 거의 없다.

쇼팽의 전주곡에는 이름이 따로 없지만 드뷔시 작품에는 모두 표제가 붙어 있다. 쇼팽의 작품이 감정에 호소하는 경향이 강한 반면 드뷔시의 작품은 극단적으로 감각에만 모든 걸 의존하고 있다.

인상주의 음악의 개척자로 통하는 드뷔시의 이 전주곡은 매우 파격적인 음악문법에도 불구하고 근대 피아노 음악의 뛰어난 걸작으로 평가된다. 이 전주곡에 붙어 있는 표제들은 매우 구체성을 띠고 있지만 그것은 상징이나 암시의 의미밖에는 없다. 작곡가의 관심은 어떤 대상의 구체적인 묘사에 있는 것이 아니라 대상을 통해 상기되는 기분이나 느낌에 있기 때문이다. 드뷔시의 음악은 정묘한 사실화보다 모네, 마

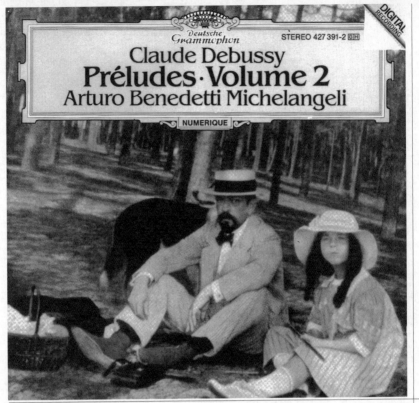

딸과 함께 있는 드뷔시

네, 르누아르 등으로 대표되는 인상주의 화가들의 그림에 가
깝다. 인상주의 화가들이 빛을 색채로 나타내려고 했듯이 드
뷔시는 색채를 음악으로 표현하려고 했다.

그는 또 말라르메, 보들레르, 베를렌 등 상징파 시인들의
작품에서 많은 영향을 받았다. 교향시 〈목신의 오후에의 전
주곡〉이 말라르메의 시를 소재로 삼은 것이나, 이 전주곡 1
집 네번째 곡인 〈소리와 향기가 저녁 대기 속에 감돈다〉가 보
들레르의 시에서 인용된 것이 좋은 증거이다.

이 작품이 씌어진 것은 그가 47세이던 1909년에서 1913년
사이로 추정되는데, 이 시기에 드뷔시는 말라르메 등 당시
파리의 전위예술가들과 빈번한 교제를 가졌었다.

1집에는 무희들의 느린 춤동작이 그려진 〈델피의 무희들〉, 나폴리의 눈부신 아침을 노래한 〈아나카프리의 언덕〉, 그리고 멀리 있는 연인의 아름다움을 찬미한 〈아마빛 머리의 소녀〉 등이 있다. 특히 르콩트 드 릴의 시에 등장하는 소녀에게 바쳐진 〈아마빛 머리의 소녀〉는 첼로와 바이올린으로도 자주 연주되는 아름다운 곡이다.

2집에는 물방울이 금방 묻어날 것처럼 맑고 투명한 선율을 보여주는 〈물의 요정〉과 마법사의 마술처럼 다양한 색채의 소리가 등장하는 〈불꽃〉 등이 있다.

드뷔시의 음악은 자주 등장하는 안어울림음, 비주기적 리듬 등으로 낯선 감도 없지 않으나 적극적으로 감정을 개입시키지 않고 들으면 도리어 편한 음악으로 다가오기도 한다.

연주는 그라모폰에서 나온 베네데티 미켈란젤리의 최근 음반이 섬세하고 날카로운 감각을 보여주고 있다.

깊은 산 샘물처럼 맑디맑은 음색

- 에릭 사티 〈세 개의 짐노페디〉

매끄럽고 장중한 명곡들에 다소 물렸다면 에릭 사티의 피아
노곡들을 한번 들어볼 만하다. 그의 음악은 깊은 산속에서
솟아난 샘물처럼 맑고 투명해서 세속의 거짓에 지친 정신을

정화시켜줄 것이다. 다만 조건이 있다. 사티의 음악은 정직하지 않거나 너무 약아빠진 사람에겐 문을 열어주지 않는다는 말도 있다.

에릭 사티(1866~1925)는 인상주의가 한창 꽃을 피우던 시기에 활동했으나 그의 음악은 이단으로 취급될 정도로 너무 독특해서 뒷골목 가난뱅이 예술가로 살다가 갔다. 그러나 현대로 와서, 특히 1980년 이후에 그의 음악은 굉장한 대중적 인기를 끌게 되었고 특히 환경 캠페인용으로, 혹은 상업 광고용으로 많이 활용되고 있다.

에릭 사티의 음악은 몇 개의 발레작품, 노래 모음집을 제외하면 대부분 소품 성격의 피아노 독주곡으로 50여 곡에 이른다. 그 중에서 3곡 연작으로 된 이 〈짐노페디〉가 사티 음악의 미덕과 특성을 가장 잘 드러내주고 대중적으로도 많이 알려진 작품이다. 사티 음악의 특성은 작은 악절을 반복 사용하는 단순한 기법, 매우 정적인 리듬, 움직임과 감정의 배제 등으로 요약할 수 있다. 이런 특성으로 그는 놀랄 만큼 천진스런 무공해 음악을 만들어낸 것이다. 이 작품은 1888년 그가 22세 때 쓴 초기 작품으로 다다이즘과 밀교적 성향이 강했던 젊은 시절의 경향을 잘 보여준다.

짐노페디는 고대 스파르타의 연중행사인 제전의 한 명칭으로 나체의 젊은이들이 여러날 동안 합창과 군무로 신을 찬양하던 행사였다. 사티는 까마득한 이 고대 제전의 춤을 피아노 모음곡으로 그려낸 것이다. 그것은 다소 몽상적인 취향이긴 하지만 신선한 느낌도 준다. 그의 다른 피아노곡에도 중

세나 고대 유물이나 이야기에서 소재를 취한 것이 적지않다. 이 음악을 들어보면 고대 제전에서 추는 느린 춤의 광경이 연상되고, 마치 천상에서 울리는 것 같은 시공을 초월한 영혼의 울림을 듣는 듯하다.

사티의 작품으로는 이밖에도 그의 신비주의적 성향을 강하게 나타낸 〈6곡의 그노시엔〉, 그리고 〈말라버린 태아〉 〈관료적 소나티네〉 〈개를 위한 엉성한 전주곡〉 등 매우 우스꽝스런 명칭을 가진 곡들이 있다. 샹송으로 작곡되었다가 피아노곡으로 편곡된 〈나는 너를 원해〉 같은 작품은, 금욕적인 사티에겐 다소 이색적인 작품으로 그가 달콤한 감정의 표현에도 뛰어난 재능을 가졌다는 것을 보여준다.

연주는 데카에서 나온 파스칼 로제의 음반과, 필립스의 라인버트 리우의 음반이 있다.

원숙한 경지에 오른 음유시인의 노래

- 슈베르트 〈즉흥곡〉

슈베르트는 〈미완성교향곡〉 등 10개의 교향곡과 실내악, 그리고 600여 곡의 가곡으로 잘 알려져 있다.

특히 〈겨울나그네〉 같은 예술가곡은 그의 대중적 명성을 높여주고 있다. 피아노 소품집에 해당하는 〈즉흥곡〉은 그런 명작들의 그늘에 가려 눈에 잘 띄지 않는 보석이라고 할 수 있다. 그의 많은 가곡들이 노래를 시로 승화시킨 것이라면 이 즉흥곡을 비롯, 그의 적지않은 피아노 소품들은 시가 피아노곡으로 환생한 것이다.

슈만은 이들 작품에 대해 가곡에 결코 뒤지지 않으며 베토벤의 피아노 소나타에 비견할 만한 것이라고 높은 평가를 내린 바 있다.

모두 8곡의 소품을 4곡씩 따로 묶어 2개의 작품(D899, D935)으로 분류한 이 〈즉흥곡〉은, 슈베르트가 짧은 생애를 마감하기 불과 한 해 전인 1827년에 씌어진 것으로 재능과 불운을 함께 타고난 이 음악가의 내면세계가 그의 어느 작품보다 잘 드러난 것이다.

즉흥곡은 바흐시대에도 있었던 것이지만 이 형식이 꽃을 피운 것은 개성과 감성이 중요시되던 낭만시대라고 할 수 있다.

환상곡과 즉흥곡이 가끔 용어상 혼동을 부르는데 꿈과 이상, 상상의 세계를 펼쳐간다는 점에서 같은 의미지만 환상곡은 좀더 포괄적인 뜻을 지닌 말이다.

환상곡 계열의 음악을 즐겨 다룬 쇼팽의 음악이 세련되고 우아한 선민적 감수성이라면, 슈베르트의 음악은 서민적이며 민속적인 색채도 띠고 있다. 그 때문인지 이 즉흥곡은 듣기에 편하고 쉽게 친근감을 갖게 된다.

작품 〈D899〉의 전체적 분위기는 마치 잔물결치는 시냇가에 앉아 명상에 잠겨있는 청년의 모습을 연상시킨다. 여기서는 고독한 산책을 떠나는 〈겨울나그네〉의 분위기가 고스란히 감지되기도 한다. 그러나 많은 피아노작품 중 이 즉흥곡을 잊지 못하게 하는 것은 작품 〈D935〉의 제3번일 것이다. 이 부분을 듣기 위해 즉흥곡을 몇 차례씩 되풀이해서 들어도 시간이 아깝지는 않을 것이다. 연주시간이 불과 10여 분에 불과한 이 소품이 마치 스케일이 큰 협주곡이나 교향곡처럼 큰 부피로 다가올 때가 있다. 그것은 이 작품에 한 생애의 꿈과 좌절, 그 아픔이 아로새겨져 있고 그것을 스스로 위로하고 음미하는 높은 경지가 숨어있기 때문이다. 〈즉흥곡〉은 원숙한 경지에 도달한 음유시인의 노래인 셈이다.

피아노 소품이 많이 나온 것은 낭만주의시대의 특징이었다. '가곡의 왕'으로 알려진 슈베르트는 이 방면에서도 선구자로 슈만, 쇼팽, 멘델스존 등이 그의 뒤를 이은 셈이다.

〈즉흥곡〉 연주는 호로비츠, 브렌델 등 거장들이 각자 특색을 뽐내고 있고, 근래 두각을 나타낸 것으로는 데카에서 나온 안드라스 시프의 것이 있다.

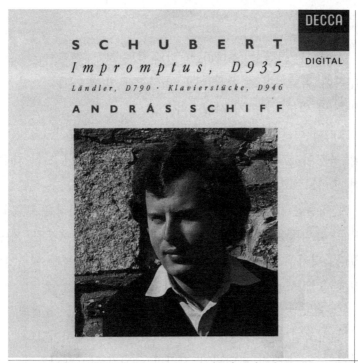

안드라스 시프의 〈슈베르트〉 앨범

행복한 '천사의 음악'
– 모차르트 〈피아노 소나타 11번〉

모차르트 피아노 소나타는 현재 활발하게 연주되는 곡이 18곡에 이르지만 그의 피아노 협주곡에 비해 상대적으로 호응을 덜 받고 있는 게 사실이다.

그러나 이 〈11번〉은 '천사의 음악'이라고 할 모차르트 음악의 특징이 고루 들어있고 여러 가지 묘미도 지닌 그의 대표적 피아노 소나타라고 할 수 있다.

이 작품은 소나타의 일반 형식을 탈피해서 1악장은 변주곡으로, 2악장은 미뉴에트로, 3악장은 터키풍의 론도로 짜여 있다. 터키행진곡이 주제로 들어간 이 3악장 때문에 이 소나타에 〈터키행진곡〉이란 별칭이 붙어 있다.

모차르트는 22세 때인 1778년 여름 이 작품을 썼는데 이 시기는 좌절과 슬픔으로 얼룩진 그의 파리 체재시기였다. 따라서 그의 개성이 발휘되기 시작한 중기작품에 해당된다. 그는 고난으로 가득했던 잘츠부르크생활을 청산하고 구직을 위해 파리로 갔는데 구직은 무산되고 동행했던 어머니마저 갑자기 세상을 뜨고 말았다. 그같은 좌절과 슬픔 속에서 탄생

●요제프 2세 앞에서 연주하는 모차르트●

한 것이 이 음악인데, 작품 밑바닥에 깔린 다소의 비감을 제
외하면 뜻밖에 이 음악의 전체적 분위기는 매우 밝고 행복한
세계를 지향하고 있다. 모차르트 음악을 이해하는 한 가지

단서가 여기서 감지된다.

1악장 안단테 그라치오소는 6개의 변주곡으로 되어 있는데 주선율은 남부독일 민요에서 빌린 것이다. 이 선율은 대단히 밝고 천진스런 느낌을 준다. 이 악장을 들어보면 하나의 멜로디를 길고 짧게, 혹은 빠르고 느리게 변화시켜 나가는 자유자재의 모차르트적 변신을 느낄 수 있다. 그것은 마치 시냇물이 굽이쳐 흐르며 모습을 변화해가듯 자연스럽다. 그리고 이 악장에서는 슬픔을 가라앉히고 피아노 앞에 다가앉아 조용히 건반을 두드리는 작곡가의 모습이 그려지기도 한다. 이 음악은 비록 밝고 즐거운 세계를 지향하지만 근원은 음악에서 위안을 구하는 것이다.

2악장 미뉴에트는 스케일이 커지면서 피아노가 한층 힘을 얻고 활기를 띤다.

3악장 알레그레토는 우리 귀에 가장 익은 곡으로 터키행진곡을 주제로 시작하며 그것이 반복된다. 매우 유쾌하고 활기가 넘치며 절로 흥이 나는 그런 곡이다. 이 악장은 너무 유명해서 자주 따로 연주되기도 하고 피아노 학도들의 필수과정으로 되어 있다.

연주는 아마데오판의 프리드리히 굴다가 매력 넘치는 연주를 들려주고, 유럽에서의 활약이 두드러진 베르나르 포미에의 소나타전곡집도 국내에 소개되어 있다.

오라토리오의 걸작
- 헨델 〈메시아〉

종교음악 가운데는 높은 음악성과 대중적 호소력으로 교회 울타리를 넘어 많은 사람들에게 사랑받는 음악이 적지않다. 헨델의 〈메시아〉가 그 대표라고 할 수 있다. 음악 중에서도 절정에 해당되는 〈할렐루야 코러스〉는 누구나 입으로 흥얼거릴 수 있을 정도로 사람들에게 낯익은 노래다.

헨델은 〈수상음악〉〈왕궁의 불꽃놀이〉 등 웅장하고 색채감 있는 관현악곡을 쓰기도 했지만 역시 그의 진면목은 다수의 성악곡에서 드러난다. 헨델은 26곡의 오라토리오를 만들었는데 그 가운데 1741년, 그가 56세 때 작곡한 〈메시아〉가 가장 뛰어난 걸작이다.

오라토리오는 주로 성서를 소재로 독창자와 합창, 오케스트라에 의해 연주되는 큰 규모의 음악형식으로, 오페라와 다른 점은 무대와 연기가 빠져 있다는 것이다. 〈메시아〉에는 남녀 2인씩 4명의 독창자와 혼성 4부합창이 등장한다. 예수의 탄생과 부활에 이르는 일대기를 묘사하고 있는 이 음악의 대본은 헨델의 친구였던 제네스가 성서를 소재로 쓴 것이다.

헨델의 〈메시아〉 앨범

제1부 〈예언과 탄생〉에는 21곡의 노래가 나오는데 예수탄생의 신비와 축복이 그려지고, 제2부 〈수난과 속죄〉에는 23곡의 노래가 나오는데 이 가운데 반 정도가 합창곡이라는 게 특징이다. 유명한 〈할렐루야 코러스〉나 헨델이 눈물을 흘려가며 작곡했다는 〈주님께서는 모욕을 당하셨네〉 같은 합창곡이 여기에 나온다.

헨델은 이 〈메시아〉를 작곡하는 동안 거의 침식을 잊다시피하며 몰두했고 예수 수난이 절정에 도달하는 부분에서는 '오 하느님이 나타나셨다. 주여!' 하고 소리를 친 때도 있었다고한다. 그가 불과 3주일이라는 짧은 기간에 이처럼 규모가 큰 대곡을 완성할 수 있었던 배경을 알게 해주는 일화이다.

제3부 〈부활과 영생〉에서는 53번째 마지막 합창 〈어린 양은 영광을 받으리〉가 합창곡의 걸작으로 평가된다. 이 합창

곡 끝부분에는 '아멘'으로만 가사가 이어진 〈아멘 코러스〉도 등장한다.

헨델의 음악은 관현악곡이든 성악곡이든 물결치듯 특유의 생동감이 넘친다. 〈메시아〉는 깊은 종교적 갈등을 이같은 생동감으로 아주 쉽게 전달한 걸작이라고 할 수 있다. 이 음악은 1742년 더블린에서 자선연주형식으로 초연됐고, 다음해 런던에서 공개연주됐는데 당시 영국왕 조지 2세가 〈할렐루야 코러스〉를 듣고 너무 감동하여 벌떡 일어서자 청중도 따라서 기립했다고 한다. 이것이 유래가 되어 지금도 일부에는 이 합창곡이 나올 때 청중들이 기립하는 관습이 있다.

〈메시아〉 연주로는 리히터가 런던 필과 함께 연주한 그라모폰판이 있고, 존 엘리엇 가드너가 영국 바로크 관현악단, 몬테베르디 합창단과 함께 연주한 필립스판이 있다.

집시의 정열과 우수
- 브람스 〈헝가리 춤곡〉

　피아노 독주곡인 〈헝가리 춤곡〉은 브람스 음악 중 아마 가장 가볍고 친근감을 주는 음악일 것이다. 헝가리 집시음악에서 소재를 얻은 이 곡은 집시무용의 특징인 빠른 리듬, 표정의 잦은 변화, 특유의 활기와 우수를 고스란히 음악에 담아 놓은 매력적인 작품이다.

　브람스는 청년시절 헝가리 출신 바이올리니스트인 레메니의 피아노 반주자로 그와 자주 연주여행을 다녔는데 레메니를 통해 배운 집시음악에 큰 관심을 갖게 되었다.

　그는 오랫동안 이 민속음악을 채보하고 편곡하는데 힘을 기울여 36세 때인 1869년 모두 10곡으로 된 1집과 2집을 처음 출반했다. 11곡으로 된 3·4집이 나온 것은 이보다 11년 뒤인 1880년인데 지금은 출반 연도를 작곡 연도로 보고 있다.

　처음 10곡은 피아노 연탄용으로 작곡되었으나 작곡자에 의해 독주곡으로 편곡되었고, 특히 1·3·10번은 관현악곡으로 편곡되기도 했다.

　1·2집이 발표되었을 당시 이 작품은 이상할 정도로 큰 인

기를 끌었다고 한다. 이것은 이국풍의 민속음악이 크게 유행하던 당시 풍조와 관계가 있다. 이 뜻밖의 성공이 헝가리 음악인들의 질투를 불러일으켜 브람스는 저작권 침해소송에 말려들기도 했다.

11년의 격차를 두고 나온 1·2집과 3·4집은 음악적 성격에서 큰 차이를 보인다. 전자가 집시음악에 바탕을 둔 데 반해 후자는 형식만 비슷할 뿐 작곡자의 취향에 의존하고 있다. 집시적이라기보다 브람스적인 음악에 가깝다. 무곡 특유의 매력은 역시 1·2집에 있다고 하겠다. 1·2집에서도 가장 인기를 끄는 것은 1·5·6번이다.

제1번 g단조는 우수로 가득한 전반의 선율이 독특한 인상을 준다. 이 느린 부분이 지나가면 갑자기 빠른 리듬이 나타

드가의 '무용 교습소'

나 격렬한 기분을 불러일으킨다.

세 도막 형식으로 된 f단조의 5번 역시 물결을 타는 듯 부드럽게 흐르는 집시풍의 선율로 시작되며 이 선율은 반복된다. 무곡 특유의 느리고 빠른 리듬의 교차로 시종 정열적인 기분을 이끌어낸다. 이 5번의 선율은 너무나 잘 알려진 것이어서 흥을 돋우는 자리라면 어디서나 들을 수 있는, 귀에 익은 음악이다.

6번 D장조는 서정적인 선율로 시작해서 곧 빠른 리듬으로 옮겨간다. 5번과 함께 자주 연주되는 곡으로 여기서는 우수와 활력이 묘하게 뒤섞인 집시 정서의 갖가지 표정을 풍부하게 느낄 수 있다.

연주는 연탄용의 원본을 충실하게 들려주는 마이클 베로프와 잔 필립 클라드의 판이 EMI에서 나와 있다.

고향 보헤미아에의 그리움

- 드보르자크 〈b단조 첼로 협주곡〉

드보르자크

〈신세계교향곡〉으로 잘 알려진 드보르자크는 두 개의 첼로 협주곡을 썼는데, 그가 24세 때 쓴 A장조는 거의 연주되지 않고 있고 54세 때 완숙의 경지에서 써낸 b단조 협주곡만이 크게 사랑을 받고 있다.

이 작품은 큰 스케일, 매력적인 보헤미아 지방의 민속적 향기 등으로 평가받는다. 이 작품을 듣고 브람스가 "첼로를 사용하여 이런 훌륭한 작품을 써내는 걸 일찍 알았다면 나도 썼을 것"이라고 칭찬을 아끼지 않았다는 얘기가 전해온다.

이 작품은 〈신세계교향곡〉, 현악4중주곡인 〈아메리카〉 등과 함께 드보르자크의 미국 체제경험의 산물인데, 특히 이 작품은 그가 귀국 직전이던 1895년 1월에 완성돼 소중한 귀국 선물이 되었다. 이 작품의 발단은 드보르자크가 빅터 헤르베르트의 〈첼로 협주곡 2번〉을 듣고 기술적 힌트를 얻은 것이 계기가 되었다.

그는 첼로 협주곡에서 독주와 관현악의 균형문제, 저음역의 울림과 높은 음역의 비음적 효과 등에 마땅한 해결책을 찾지 못했던 것이다. 〈b단조 첼로 협주곡〉에서 그는 이런 과제를 훌륭하게 극복하고 있다.

1악장은 목가풍의 이국적 아름다움이 밝고 선명하게 전개되며, 2악장에서는 고향 보헤미아에 대한 그리움이 짙은 회상적 분위기 속에 그려지고 있다. 이 음악 전체에서 가장 아름다운 선율로 된 이 부분에는 얼마간 슬픔이 배어 있어 듣는 순간 가슴이 저려오는 기분을 느끼게 된다. 보헤미아 무곡풍의 당당한 선율로 시작되는 3악장은 젊고 활기가 있으며 난해한 첼로 기교에 의해 정열적인 선율이 다채롭게 펼쳐지고 있다. 이 악장에서는 미국 민속음악, 특히 흑인영가의 영향이 느껴지기도 한다. 그러나 전체적으로는 고향 보헤미아에 대한 회상과 그리움이 선과 색을 달리하여 다양한 형태로 나타나고 있으며 이 부분이 이 작품의 가장 큰 매력이기도 하다.

드보르자크가 나이아가라 폭포 앞에서 그 장관에 취해 이 작품의 영감을 얻었다는 얘기도 있다.

그 당시 작곡가는 교향곡을 만들 생각이었다고 한다. 이 작품의 규모가 크고 관현악에 비중을 두어 교향곡 성격이 짙은 것도 그 때문이 아닌가 생각된다.

드보르자크는 이 작품을 보헤미아의 첼리스트 하누스 비한에게 헌정했는데, 작품이 완성된 이후 비한은 연주상 난점이 되는 부분의 개작을 요구했다고 한다. 그러나 1896년 이루어진 초연에서는 작곡가의 지휘와 함께 레오 스턴이 첼로 연주를 맡았다.

이 작품 연주로는 체코 필하모닉과 협연한 카잘스의 오래된 음반이 있고, 근래의 것으로는 베를린 필과 협연한 요요 마의 연주가 신선한 맛을 풍긴다.

고요한 밤의 낭만적 명상
- 쇼팽 〈야상곡〉

피아노음악 작곡가로 쇼팽은 인기가 높지만 슬라브적 정서가 깊이 배어 있는 그의 음악과 친해지기는 그리 쉽지 않다. 구조가 단순하고 선율이 아름다운 〈야상곡〉은 쇼팽 음악과 친해지기 위한 가장 적합한 음악이 아닌가 여겨진다.

쇼팽은 '피아노의 시인'이란 호칭에 걸맞게 평생 피아노음악을 작곡하는 데 온 정력을 바쳤으며, 특히 〈야상곡〉과 같은 서정적 독주곡을 아주 많이 썼다. 24곡으로 된 〈연습곡〉과 역시 24곡으로 된 〈전주곡〉, 그리고 〈발라드〉 등이 그같은 음악으로 주제나 형식에서 〈야상곡〉과 크게 다르지 않을 정도로 서로 닮아 있다. 피아노에 대한 쇼팽의 남다른 집착은 그 자신의 고백이 잘 보여준다.

"나는 피아노를 아주 잘 이해하고 있다. 내가 다른 악기는 쳐다보지도 않고 피아노곡에만 매달리는 것에 대해 사람들이 이상하게 여겨도 하는 수 없다. 피아노 앞에 있을 때만 나는 언제나 강해지기 때문이다."

'야상곡'이란 말은 영어의 '녹턴'을 번역한 것인데, 로마시대에 이 말은 '밤의 신'이란 뜻이었고, 지금은 '고요한 밤의 악상을 그려낸 서정적인 음악'이란 뜻으로 이해되고 있다. 이 명칭으로 맨 처음 음악을 만든 사람은 쇼팽보다 약간 앞서 활동했던 아일랜드 출신 피아니스트 겸 작곡가인 존 필드 (1781~1837)였다. 쇼팽은 그의 〈야상곡〉을 듣고 동명의 작품을 만든 것이다. 쇼팽의 〈야상곡〉은 명칭뿐 아니라 형식과 분위기까지 선배의 작품을 이어받고 있으며, 전곡이 21곡인 점도 같다. 이런 점으로 봐서 쇼팽이 필드의 작품에서 적지 않은 감명을 받은 것이 분명하다. 필드의 작품은 존 오코너

● 다니엘 바렌보임의 연주 모습 ●

의 연주로 발매되고 있는데 야상곡의 원형다운 독특한 명상적 분위기가 느껴지는 가작이다.

쇼팽(1810~1849)은 10대 후반부터 〈야상곡〉 작곡에 매달려 만년에 이른 1846년에 전곡을 완성했다. 필드의 형식을 답습했으나 쇼팽은 이 음악 속에 보다 깊이 있고 다양한 예술성을 불어넣었다. 그는 특유의 낭만적 꿈을 섬세한 감수성으로 그려냈을 뿐 아니라 때로는 격렬한 감정과 정열을 여과 없이 토해내는 모험도 감행하고 있다. 그만큼 새 〈야상곡〉은 내면적 울림이 풍부해지고 소재가 확대되었다.

이 음악은 대부분 3부 형식으로 되어 있고 〈전주곡〉처럼 따로 주제가 설명되고 있지는 않지만 곡 하나마다 꿈과 열정, 혹은 죽음 등 생의 본질적 주제들이 감지되고 있다. 〈야상곡〉을 흔히 다소 감상적인 가벼운 음악으로 보는 경향도 있으나 그것은 이 음악이 그런 주제들을 너무 아름다운 선율로 포장하고 있기 때문일 것이다.

〈야상곡〉 음반으로는 다니엘 바렌보임의 연주로 폴리그램에서 나온 것이 있다.

절묘한 조화의 향연
- 스카를라티 〈피아노 소나타집〉

스카를라티

도메니코 스카를라티 (1685~1757)의 피아노 소나타들은 언제 들어도 즐겁고 유쾌하다. 그의 작품은 우리에게 피아노의 작은 향연을 베풀어준다. 소재나 피아노 기법이 그만큼 다채롭고 풍기는 분위기 또한 다양하기 때문이다.

바흐, 헨델과 같은 해에 나폴리에서 태어난 그는 피아노의 전신인 하프시코드를 위해 무려 600여 곡의 소나타를 작곡했는데 이 곡들은 지금은 주로 피아노로 연주되고 있다.

스카를라티는 오페라 작곡가이며 나폴리악파 창시자로 알려진 아버지 알레산드로 스카를라티로부터 기초 음악교육을 받고 초기에 하프시코드 연주자로 활동했다. 그는 1725년 아버지 사망 이후 비로소 작곡에 열정을 쏟기 시작했는데 이 많은 소나타들의 작곡연대는 대략 1730년 이후로 추정되고 있다. 스카를라티는 이들 작품을 단순한 피아노 연습용으로 썼다고 한다. 이것은 바흐가 〈평균율 클라비어곡집〉을 쓴 경우와 유사하다.

그러나 짧은 두 도막의 단일 악장으로 이뤄진 이 소나타들은 당시의 하프시코드는 물론 현대의 피아노까지 포함해서 건반음악상 최고의 창조물임이 분명하다.

스카를라티 소나타의 매력은 부드러운 것과 강한 것의 절묘한 조화에 있다. 또 코발트처럼 밝은 색채가 펼쳐지는가 하면 어두운 암청색이 슬며시 얼굴을 내밀기도 한다. 그의 음악은 물처럼 쉽게 감각에 흡수된다. 그의 작품은 현재 하프시코드 주자이며 그의 작품목록 작성자인 랄프 커크패트릭의 이름 첫글자를 빌려 K넘버로 구별하고 있다.

스카를라티는 주로 스페인과 포르투갈에서 음악활동을 했지만 그의 음악적 소재는 성장기를 보낸 나폴리의 서민생활이 바탕이 되고 있으며 당시 서민들의 취향에 따른 것이 많다. 곡마단의 떠들썩한 분위기와 장터 약장수의 고함소리(K529), 말을 타고 사냥터에 나간 사람들의 고조된 분위기(K380, K450)와 사냥터의 나팔소리(K159), 스페인 마을에서 울리는 목관악기의 팡파르(K20) 등이 그가 소재를 매우 사실적인 데서 구했다는 걸 말해준다. 이같은 소재의 구체성은 그의 음악의 다채로움과 생동감을 설명해주기는 하지만

그의 음악은 소재와 관계없이 그 자체로 즐겁고 아름다운 것
이다.

　현대의 거장 가운데 스카를라티를 가장 즐겨 연주하는 사람
은 호로비츠다. 그의 로맨틱한 성향과 화려한 기교는 이 작
품과 참으로 잘 어울린다. 그밖에 그라모폰에서 음반을 낸
이보 포고렐리치가 조금 색다른 맛을 선보이고 있다.

죽음에의 예감

- 모차르트 〈클라리넷 협주곡〉

거의 모든 악기에 관한 작품에 손을 댄 모차르트는 클라리넷을 위해서도 2개의 뛰어난 걸작품을 남겼는데, 〈클라리넷 협주곡 A장조 K622〉와 〈클라리넷 5중주곡 A장조 K581〉이 그것이다.

이들 작품은 모두 모차르트 만년의 친구이자 당시 뛰어난 클라리넷 주자였던 안톤 슈타틀러의 요청에 의해 씌어진 것인데, 슈타틀러는 형세가 어려웠던 친구를 돕기 위해 그때마다 작품료를 손수 지불했다고 한다. 만약 슈타틀러가 아니었다면 당시 아주 낯선 악기에 불과했던 클라리넷을 위해 모차르트가 이처럼 주옥 같은 작품들을 과연 써냈을까 하는 의문을 갖게 된다.

모차르트에게도 유일한 클라리넷 협주곡인 이 작품은, 간소한 스타일 속에 클라리넷이라는 악기의 가능성을 십분 살려 아름답고 색감이 풍부한 선율을 빚어낸 음악으로 모차르트의 걸작 중에서도 손꼽히는 작품이며 많은 사랑을 받고 있는 음악이기도 하다.

특히 이 작품은 모차르트가 죽기 불과 두 달 전인 1791년 10월에 완성된 것으로 죽음을 예감하며 작곡에 임한 천재의 비장함, 그리고 섬뜩한 아름다움이 곳곳에서 노출되고 있다. 이런 점은 비슷한 시기에 씌어진 〈레퀴엠〉이나 오페라 〈마술피리〉의 경우와 흡사하다.

클라리네티스트 데이비드 쉬프린

1악장 알레그로는 소나타형식으로 오케스트라의 주제제시로 시작되며 이어서 클라리넷이 주제를 이어받는다. 고저음을 자유롭게 넘나드는 클라리넷의 풍부한 음색이 돋보인다. 일정하고 단순한 리듬의 반복, 매끄럽게 흐르는 화사한 멜로디 등 모차르트 관현악의 특성이 유감없이 발휘된 화려한 악장이다.

2악장 아다지오는 청아한 클라리넷 독주로 시작되는데 아득히 먼데서 들리는 것 같은 느리고 가냘픈 선율은 한없는 비장미를 느끼게 한다. 매우 아름답고 슬픈 악장이다.

론도 형식의 3악장 알레그로는 다시 화려함과 박력을 되찾는다. 클라리넷의 갖가지 기교를 펼쳐보이는 아름답고 생동감 넘치는 악장이다.

본래 이 곡은 슈타틀러가 특별히 고안된 저음 악기를 위해 작곡했던 것인데 누군가에 의해 보통 악기로 연주할 수 있게 독주부분이 개작되었고 지금까지 개작본만 남아 있었다. 그것을 최근에야 원본을 복원하고 악기도 당시의 것과 같은 것으로 복제하여 녹음에 사용하고 있다. 이 작품이 이제야 제 본모습으로 돌아온 것이다.

클라리넷의 안토니 페이와 아카데미 오브 에인션트 관현악단을 이끈 크리스토퍼 호그우드가 협연한 음반이 그라모폰에서 나와 있다.

슬픔 어린 격조 높은 아련한 선율
- 차이코프스키 〈피아노 3중주곡〉

차이코프스키

〈비창〉으로 대표되는 차이코프스키 음악은 어느 것을 들어봐도 특유의 우수와 감상이 깊이 배어 있다. 그 중에서도 이 〈피아노 3중주곡〉은 정말 슬픈 음악이다. 오래된 얘기지만 이 음악을 들으며 실연의 아픔을 달랬다는 사람이 적지 않았던 것만 봐도 이 음악의 분위기를 대충 짐작할 수 있을 것이다. 그러나 엄밀하게 따져보면 이 음악이 주는 슬픔은 실연의 그것과는 거리가 있다.

이 작품에는 '한 위대한 예술가를 회상하며' 라는 특별한 부제가 달려 있는데, 차이코프스키는 그의 선배 동료이며 뛰어난 피아니스트였던 니콜라이 루빈스타인(1835~1881)의 사거 1주기에 맞춰 그를 추모하는 뜻으로 이 작품을 완성했던 것이다. 루빈스타인은 모스크바 음악원의 설립자로 이 학교 입구중앙에는 그의 흉상이 지금도 자리를 지키고 있다. 이 당대의 피아니스트와 차이코프스키 사이에 유명한 〈피아노 협주곡 1번〉의 평가 문제로 한때 갈등이 있었다는 것은 잘 알려진 얘기다. 그런 곡절에도 불구하고 이 두 인물은 생의 마지막까지 아주 이상적인 예술의 동반자관계를 잘 유지했던 것 같다.

그것은 이 〈피아노 3중주곡〉을 들어보면 알게 된다. 이 음악이 나타내는 그리움은 고매한 인품이나 존재를 향한 것이고, 그것은 매우 격조 높은 선율로, 때로는 간절한 아쉬움이 담긴 아련한 선율로 그려지고 있다.

차이코프스키는 실내악에서 그다지 큰 성과를 얻지 못한 편인데 이 〈피아노 3중주곡〉은 그의 이런 약점을 채우고도 남을 만큼 뛰어난 작품이다. 이 작품에서 그는 치밀하고 짜임새 있는 작곡기교를 한껏 과시하고 있으며, 무엇보다 피아노가 큰 스케일의 웅장미와 우아함을 과시하는 게 특징이기도 하다. 실내악에서 피아노가 제 역할을 찾은 것은 하이든 이후라고 할 수 있다. 이 작품에서 피아노는 한 파트의 역할을 뛰어넘어 당당한 볼륨과 절제로 바이올린과 첼로를 시종 리드해나가고 있는데, 이것은 이 작품이 바쳐진 인물을 생각하면 쉽게 이해가 가는 부분이다.

이 작품은 1악장(비가풍의 악장)과 2부로 나눈 2악장으로

만 구성되어 있는데 2악장 2부(피날레 변주와 코다)가 실질적으로 3악장 구실을 하고 있는 것도 특색이다. 이 음악은 슬픈 음악이면서 동시에 아름답고 화려한 음악이다. 특히 2악장 후반에서 세 악기가 서로 물고 물리는 듯한 양상으로 빠른 주제선율을 이끌어가는 부분은 모든 피아노 3중주 중에서도 백미라고 할 만하다.

피아노의 메나헴 프레슬러, 첼로의 버나드 그린하우스, 바이올린의 이시도어 코헨으로 구성된 보자르 트리오는 LP로, CD로는 수크 삼중주단과 빈 하이든 트리오의 것이 있다.

상상과 환상의 세계
- 드뷔시 〈바다〉

'3개의 교향적 스케치'란 부제가 딸린 교향시 〈바다〉는 장년에 이른 드뷔시가 심혈을 기울여 작곡한 작품으로 인상주의 음악의 중요한 성과로 평가된다. 1905년 작품이 완성되어 파리에서 초연되었을 때 드뷔시의 전위적 작품성향을 좋아하지 않던 일부 청중들이 소란을 피워 연주가 중단되었다는 일화도 있다. 그러나 몇 해 뒤에는 어렵지 않게 청중의 이해와 갈채를 받았고 연주회도 성공을 거두었다.

이 작품에서 푸른 파도가 넘실대고 태양이 뜨겁게 타오르는 그런 생생한 바다를 쉽게 느낄 수는 없다. 드뷔시는 바다와의 오랜 교감을 통해 자신이 느낀 바다의 중요한 인상과 상징들을 음악 속에 다시 담았기 때문이다. 실제 바다라기보다 마음에 투영된 바다의 모습이다. 드뷔시가 청중에게 주고자 하는 것은 실제 바다가 아니라 바다에 대한 상상과 환상이 가능한 암시이다.

드뷔시가 유독 바다를 좋아했고 바다와 남다른 인연을 갖고 있다는 흔적은 여러 군데 나와 있다. 오페라 〈펠레아스와 멜

리장드〉 제2막에서는 신비로운 밤바다가 등장하고 교향모음
곡 〈녹턴〉 3번에는 바다의 요정이 등장한다. 그는 한때 선원
지망생이었으며 이 작품을 쓰는 동안에도 그는 퓨루비유나
디에프 등 바닷가를 자주 찾았다.

이 작품은 1903년에 착수하여 2년 동안 그가 추고를 거듭
하며 전력을 쏟았는데, 이 기간 동안 드뷔시는 아내 로잘린
과의 이혼, 부유한 미망인 에마 바르다크와의 재혼 등 사생
활의 파란을 겪었다. 도덕적 비난이 그에게 집중되었다. 드
뷔시는 이 비난을 방어하기 위해 〈바다〉의 완성도에 더욱 매
달릴 수밖에 없었다.

3개의 스케치에는 별도의 이름이 붙어 있어 악장 구실을 하
며 주요 선율이 관악기 독주로 연주되는 것이 특징이다.

제1곡 바다의 새벽부터 정오까지-플루트와 클라리넷, 오보
에의 아주 느린 연주가 밤의 어둠에서 아침의 밝음에 이르는

바다의 시간을 그려내고 있다.

제2곡 파도의 장난-잔물결이 출렁이는 듯 아기자기하게 펼쳐지는 도입부에 이어 잉글리시 호른이 부드러운 제1동기를 연주한다. 여기에 플루트와 오보에가 연주하는 제2동기가 가세한다.

제3곡 바람과 바다의 대화-팀파니의 우람한 소리로 도입부가 열리며 오보에, 호른, 파곳의 3중주 속에 제1곡의 테마가 반복된다.

연주는 카라얀의 베를린 필 음반이 그라모폰에서 나와 있다.

프랑스풍의 경쾌하고 밝은 색조

- 생상스 〈첼로 협주곡〉

조곡 〈동물의 사육제〉로 잘 알려진 생상스(1835~1921)에게
는 열 개의 협주곡이 있으며 첼로 협주곡은 두 곡이 있다. 이
가운데 2번은 크게 평가를 받지 못해 자취를 감췄고 지금은
1번만이 연주되고 있다.

우리에겐 〈동물의 사육제〉에 등장하는 첼로곡 〈백조〉가 널
리 알려져 있으나 생상스의 진면목과 특성이 잘 드러난 음악
은 이 〈첼로 협주곡〉이라고 할 수 있다.

생상스는 19세기 프랑스 음악을 대표할 뿐 아니라 협주곡
분야에서 좋은 작품을 많이 남긴 인물이기도 하다. 이 작품
은 생상스가 37세이던 1872년 작곡되어 다음해 파리에서 초
연되었는데, 특히 카잘스가 이 곡을 매우 선호하여 1905년
그가 런던 데뷔무대에서 이 곡을 연주한 이래 많이 알려지게
되었다.

생상스는 작곡가로서 특이한 인물이었다. 그는 작곡 외에
일급의 피아니스트로, 오르가니스트로 활약했으며 시를 쓰고
극작에도 손을 댄 다재다능한 인물이었다. 그가 「유물론과

음악」「고대 로마의 무대장치에 대한 각서」 등의 논문을 쓴 것만 봐도 그의 풍부한 지식, 다양한 취향을 알 수 있다. 이 같은 경향이 그의 음악에도 영향을 미친 것은 당연하다.

그의 음악관은 예술로서의 음악은 무거운 주제나 격렬한 감정의 표출보다 즐거움과 아름다움을 선사하는 것이라고 생각한 듯하다. 〈첼로 협주곡 1번〉에서도 무거운 주제 따위는 찾아볼 수 없다. 이 작품은 첼로 협주곡 중에서도 규모가 작고 아담한 편인데 프랑스풍의 장식적 요소가 가미된 경쾌한 구성과 밝은 색채의 아름다운 선율을 뽐내고 있을 뿐이다. 특히 2악장의 현과 목관의 피치카토 사이를 흐르는 독주 첼로의 선율은 아름답고 투명하기 그지없다. 어떤 때는 이 부분만을 듣고 싶어 곡 전체를 다시 듣게 되는 경우도 있었다.

첼로 협주곡 가운데 이 곡을 반드시 첫째라고 할 수는 없으나 생상스 특유의 2관편성의 관현악이 엮어내는 화성의 풍부함과 곡 전체를 지배하는 경쾌하고 밝은 색조로 인해 이 작품은 현대에 와서 어느 작품 못지않은 대중성을 얻고 있다. 이 작품이 무대의 단골 메뉴로 등장하는 데에는 이런 미덕 외에도 첼로의 연주기법들이 다양하게 동원된다는 이유도 있을 것이다. 전체 3악장으로 되어 있으나 실제로는 1악장 형식을 취해 중단되지 않고 단숨에 끝까지 연주되는 것도 이 곡의 특징이다.

이 작품 연주에는 다소 박력이 없어 보이기도 하는 피에르 푸르니에의 연주가 도리어 제격으로 그는 이 작품연주에서 단아하고 부드러운 이 음악의 맛을 십이분 보여주고 있다.

그리고 장한나의 첫 음반에서도 차이코프스키의 〈로코코 테마에 의한 변주곡〉과 함께 이 음악을 수록하고 있어서 대가와 어린 신성의 연주를 비교하며 들어보는 것도 흥미를 돋아 줄 것이다.

첼리스트 장한나

경쾌한 화성의 변화

- 슈베르트 〈피아노 5중주곡 송어〉

슈베르트의 가곡 〈송어〉의 아름다운 선율은 너무나 유명하다. 슈베르트는 이 가곡을 작곡한 지 2년 뒤인 1819년에 이 노래의 선율을 바탕으로 매력적인 〈피아노 5중주곡〉을 만들어냈다. 이 작품 4악장은 가곡 〈송어〉의 선율이 주제가 되고 있는데, 이 때문에 이 작품에 〈송어〉란 이름이 붙게 된 것이다.

그는 22세 때 친구인 바리톤 포글과 함께 포글의 고향인 오스트리아의 슈타이머로 피서 겸 연주여행을 갔다가 음악 애호가인 바움가르트너의 집에 묵게 되었다. 이 곡은 바움가르트너의 부탁으로 그 지방 연주단을 위해 씌어진 것이다. 이런 배경 탓인지 이 곡은 풍광이 좋은 자연 속에서 마음맞는 친구들과 어울리며 호연지기를 나누는 젊은 기개와 낭만적 정취로 가득 차 있다.

경쾌한 화성의 변화, 기쁨과 비애가 적당히 어우러지는 아름다운 선율 등 슈베르트 특유의 매력이 이 작품에서도 유감없이 발휘되고 있으며, 제2바이올린 대신 콘트라베이스를 사

용하고 있다는 점도 흥미를 끈다. 슈베르트의 우수한 실내악
곡 중에서도 첫손에 꼽히는 이 작품은 베토벤이 슈베르트의
재능을 처음 인정하게 된 계기가 되었다는 일화도 남겼다.

1악장 알레그로 비바체는 소나타 형식이며 주제에 앞서 피
아노와 현의 잔잔하고 명상적인 선율이 인상적이다. 주제와
전개부에서는 다양한 뉘앙스를 지닌 악상들이 샘솟 듯하고
있다. 선율은 밝고 생기가 넘치며 단일 악장으로 비교적 긴
이 악장이 조금도 지루한 느낌을 주지 않는 것은 이 때문이
다.

3개의 가곡풍 주제로 펼쳐지는 2악장 안단테는 부드럽고

● 슈나이더의 슈베르트 〈송어〉 앨범 ●

율동적이다. 바이올린과 비올라, 피아노가 차례로 제시하는 악상들은 전 악장에 비해 다소 애상적이다.

3악장 스케르초는 갑자기 활기를 띠는 리듬으로 물 속에서 헤엄치는 송어를 연상시키며 후반에는 부드러운 오스트리아 민요풍의 멜로디가 이어진다.

4악장 안단티노는 가곡 〈송어〉의 선율이 5가지 변주곡으로 이어지는데 다양한 조바꿈과 장식선율 등으로 매우 아름답고 흥겨운 분위기를 연출한다. 피날레는 단순하고 경쾌한 헝가리풍 리듬이 사용된 활기찬 악장으로 바이올린과 피아노의 응답이 매우 섬세하다.

연주에는 알렉산더 슈나이더가 실내악 시리즈 녹음을 위해 1급의 멤버로 편성한 악단에 의해 녹음된 뱅가드판과, 브렌델 중심의 클리블랜드 현악4중주단이 녹음한 필립스판이 있다.

톨스토이 '악의 음악'
- 베토벤 〈크로이처 소나타〉

──────● 베토벤의 불멸의 연인들. 가수 제발트와 에르되디 백작부인 ●──────

베토벤의 음악 하면 영웅적 기질, 강렬한 호소력, 드높은 기품과 불굴의 인간정신 같은 말을 떠올린다. 그는 생활에서 도 괴짜로 알려졌고, 이른바 〈불멸의 연인들〉에게 보낸 연서 를 통해 그의 연애담이 많이 회자되지만 막상 결혼에는 한번 도 도달하지 못했다. 그의 예술이 그렇듯 그는 삶에서도 안 주보다 이상을 향해 끝없이 나아가는 사람이었다.

　작품을 헌정한 사람 이름을 빌려 〈크로이처 소나타〉로 더 알려진 〈바이올린 소나타 9번 A장조, Op.47〉은 베토벤의 음악들이 지닌 이같은 특징들을 골고루 집약해서 드러내는 작품이다.

　크로이처(Rodolphe Kreutzer, 1766~1831)는 프랑스 태생 외교관이며 당시 유능한 바이올리니스트로도 활약한 사람이다.

　베토벤은 바이올린과 피아노를 위한 소나타 10곡을 만들었는데, 이 작품은 그 가운데서도 가장 걸작으로 알려졌음은 물론 모든 바이올린 소나타 중에서도 최고 걸작으로 평가받기도 한다.

　청년시절 이 작품을 처음 들었을 때 나는 그 화려한 악상과 강렬한 흡인력에 이끌려 몹시 흥분했던 일이 있었다. 자신이 갑자기 허공으로 뜨는 기분이라고나 할까. 프랑크나 브람스의 바이올린 소나타가 높이 평가되기는 하나 이상을 향해 비상하는 것 같은 이 작품의 박력과 기품, 강렬한 호소력에는 미치지 못한다. 오죽하면 말년에 금욕주의 예술관을 설파했던 톨스토이가 동명의 소설을 통해 파멸로 치닫는 불륜의 남녀를 그렸겠는가. 톨스토이가 베토벤의 음악을 인간생활에 해악을 주는 것으로 분류한 것은 잘 알려진 얘기다. 현대의 우리는 이 위대한 스승의 견해에 전폭적 지지를 보낼 수 없지만 이 일화를 생각하며 이 음악을 들어보는 것도 흥미있는 경험이 될 것이다.

　이 작품은 1802년 완성되었는데 이 시기는 그가 모차르트

나 하이든의 영향에서 벗어나 자신의 음악을 확립하던 시기
이며, 한편 그의 청력이 급속히 악화된 시기이기도 하다. 그
는 같은 시기에 〈발트슈타인 소나타〉〈열정 소나타〉 등 많은
걸작을 써내기도 했는데 엄청난 불행을 딛고 거침없이 자기
길을 걸어간 그의 열정과 불굴의 정신에는 머리가 숙여진다.

풍성한 화음과 변화무쌍한 색채의 기적
- 바흐 〈무반주 바이올린 소나타와 파르티타〉

만약 이 작품이 없었다면 바이올린에 대한 바흐의 기여도는 미미할 뻔했다. 3곡의 소나타와 3곡의 파르티타로 된 이 작품은 지금도 바이올린음악의 한 정점을 차지하고 있다.

이름에서도 알 수 있듯 다른 악기의 도움 없이 홀로 훌륭한 화음을 이끌어내며 독특하고 풍성한 음악을 펼쳐보인다는 점에서 이 작품은 〈무반주 첼로 모음곡〉과 닮은 데가 많다. 그 끝모를 깊이와 고난도 연주기술을 요구하는 것도 닮았고 처음 단순히 교육용으로 씌어진 것도 닮았다. 파르티타는 모음곡의 이탈리아식 표기로 음악성격에 따라 붙여진 이름이다. 반주가 없는 바이올린 독주곡은 바흐의 선배격인 코렐리나 텔레만의 것도 있다. 다만 바흐는 이때까지 화성의 결여와 저음 부족으로 지루하다는 인상을 주던 무반주곡에 풍부한 화성과 상상력을 가미함으로써 이 양식을 새 경지로 끌어올린 것이다.

이 작품은 1717년과 1723년 사이 작품인데 초고에는 1720년으로 적혀 있다. 이 시기는 바흐가 뢰벤의 궁정악장으로 있던 기간으로 〈브란덴부르크 협주곡〉〈평균율 클라비어곡집 제1권〉 등 바흐의 중요한 작품들이 쏟아져나온 시기이기도 하다.

바흐의 오르간 연주는 이미 정평이 나 있지만 그의 바이올린 연주 솜씨에 관해서는 알려진 것이 거의 없다. 그러나 한때 그가 궁정악단에서 오르간 연주자와 바이올린 연주가를 겸직한 걸 보면, 그가 바이올린이란 악기에 관해서도 상당한 지식을 가졌던 게 분명하다. 4개의 현을 동시에 울리는 높은 기교가 요구되는 이 작품은 그런 조예를 바탕으로 탄생한 것이다.

6곡의 작품은 1번 소나타, 2번 파르티타 등으로 차례가 뒤섞여 있다. 소나타는 4악장의 전통양식을 따르며, 파르티타는 당시 가장 흔히 사용되던 무곡양식을 채택하고 있다. 이 작품에서 가장 주목할 대목은 파르티타 2번의 마지막을 장식하는 샤콘느이다. 16분 동안 4분의 3박자의 느린 템포로 이어지는 이 샤콘느는 이 작품에서 산의 정상에 해당된다. 하나

의 바이올린이 관현악단과 견줘도 좋을 볼륨과 변화무쌍한 색채를 엮어내는 데 여기에는 기적이란 말이 썩 어

울린다. 이 샤콘느는 음악이 추구하는 심연의 극점을 보여주는 것 같다. 브람스는 클라라 슈만에게 보낸 편지에서 자신이 만약 어쩌다 이 악장을 써냈다면 미쳐버렸을 거라고 썼다. 이처럼 훌륭한 작품이지만 1세기가 훨씬 넘는 동안 잊혀져 있다가 멘델스존이 이 샤콘느에 피아노반주를 붙여 소개하면서 세상에 다시 알려지게 되었다. 1854년에는 슈만이 6곡 전곡에 피아노반주를 붙였으나 현대에는 반주가 사라지고 원전 그대로 연주되고 있다.

헝가리 출신 시게티는 오랫동안 이 작품을 연구하고 무대에 올리는데 주력한 사람으로 모노시대에 명반을 남기고 있으며, 근래의 것으로는 기돈 크레머의 선명하고 호쾌한 연주를 담은 음반이 필립스에서 나와 있다.

우울한 열정과 관조의 세계
- 브람스 〈첼로 소나타〉

최근 첼로에 대한 인식이 높아지고 덩달아 유명 첼리스트들의 내한 연주도 잦아지고 있다. 이 악기의 매력이 현대인의 감성과 부합하는 점이 많은 듯하다. 부드러운 저음으로 상징되는 이 악기의 멋과 매력을 편한 마음으로 감상할 수 있는 곡 가운데 브람스의 〈첼로 소나타 1번〉과 〈2번〉이 있다.

브람스는 딱 두 곡의 첼로 소나타를 작곡했는데 두 작품 모두 베토벤의 첼로 소나타와 함께 무대에서 즐겨 연주되는 걸작품으로 평가된다. 특히 1번은 초기 브람스 음악이 지닌 다소 메마르고 음울한 분위기, 그러면서도 결코 격조를 잃지 않고 당당한 풍격을 유지하는 특징이 잘 드러나 있다. 1번이 격정적 절망의 세계라면 2번은 다소 유연한 열정과 관조의 세계라고 할 수 있다.

브람스는 32세 때인 1865년 여름 리히멘탈 근교에 있는 클라라의 별장에서 여러 예술가들과 사귀며 한철을 보냈는데, 이 곡의 악상은 그때 다듬어졌으며 그해 가을 빈으로 돌아와 작품을 완성시켰다. 이 곡은 시종 피아노에 비해 첼로가 낮

─────● 로스트로포비치의 연주 모습 ●─────

은 음으로 일관하며 3악장 모두가 단조로 구성된 게 특징이
다. 첼로는 시작부터 저음으로 먼 미지의 세계, 혹은 끝모를
갈망의 세계로 우리를 이끌어가는데 이 세계는 아득하고 심
오한 분위기를 전해준다. 이것은 젊은 브람스가 도달하고자
했던 세계일 것이다. 그러나 음악 자체는 전혀 균형감을 잃
지 않고 있다. 여리고 부드러운 여성적 감성과 무겁고 우울
한 남성적 감성이 첼로의 현으로 서로 교차하며 대화를 이끌
어가는데 첼로의 다양한 표현능력을 잘 드러내주는 부분이라
하겠다. 피아노와 첼로의 교감이 서로 대등한 위치에서 한치

의 빈틈없이 이루어지는 것도 이 작품이 지닌 미덕이다.

〈첼로소나타 2번〉은 〈1번〉에 비해 좀더 밝은 색채를 띠고 있고 다양한 기교들이 사용된 곡이다. 이 곡의 작곡연대가 브람스가 53세 때인 1886년이니까 두 작품 사이의 터울이 21년이나 되는 셈이다. 그는 이해 여름 알프스 산록 툰 지방에서 피서생활을 보냈는데, 이 시기는 그의 열정과 악상이 원숙기에 접어들어 같은 시기에 이 〈2번〉과 함께 〈바이올린 소나타 제2번 A장조〉와 〈피아노 3중주 제3번 e단조〉 같은 걸작을 써내고 있다. 〈첼로 소나타 2번〉에서는 고음까지 넘나드는 음역의 확장, 그리고 그가 머물렀던 알프스의 웅장한 풍광을 연상케하는 아름답고 풍요로운 선율과 말년에도 식지 않은 브람스의 열정을 감지할 수 있다.

이 작품 연주로는 오래된 것으로 푸르니에와 박하우스의 데카판이 명연으로 손꼽히고 있으나, 국내 성음에서 나온 로스트로포비치와 루돌프 제르킨의 앙상블도 이 작품의 격조와 묘미를 전하는데 전혀 손색이 없다.

연인 콘스탄치아에 대한 그리움
- 쇼팽 〈피아노 협주곡 1번〉

'피아노의 시인'이란 호칭을 듣는 쇼팽은 길지 않은 생애 동안 200여 곡의 피아노곡을 만들었으나 그 가운데 피아노 협주곡은 1번과 2번 두 곡뿐이다.

쇼팽의 주요업적은 그의 독특한 '시적 표현'의 산물인 녹턴, 발라드, 전주곡 등으로 평가되고 있으나 이 협주곡들은 고전적 형식에 의해 만들어진 몇 개 안 되는 작품에 속한다. 작곡은 2번이 1번보다 먼저 되었으나 쇼팽 자신이 1번에 더욱 애착과 자신감을 갖고 있어서 출판순서가 바뀌는 바람에 작품순서도 바뀌게 되었다.

〈피아노 협주곡 1번〉을 듣노라면 20세의 폴란드 시골 무명 청년이 어떻게 이처럼 독특하고 신선한 악상과 기교적으로 뛰어난 작품을 작곡해낼 수 있었는지 감탄하지 않을 수 없다. 이 작품의 감미로운 선율과 화려한 기교가 내뿜는 매력은 모든 연주자들이 한 번쯤 무대 위에서 뽐내보이고 싶은 욕구를 가질 만큼 특출한 것이다. 이 작품이 갖는 독특한 매력에 대한 의문은 콘스탄치아 글라드코프스카라는 아름다운 처녀의 등장으로 밝혀진다.

쇼팽이 이 작품을 작곡한 것은 그가 조국을 떠나 파리로 가기 직전인 1830년인데, 당시 그는 같은 음악원의 동갑내기 성악도였던 콘스탄치아에 대한 연모의 감정에 불타고 있었다. 열정과 감성은 주체못할 정도로 풍부하고 행동력은 없는 나약한 청년 쇼팽의 모습이 쉽게 연상된다. 그는 콘스탄치아에 대한 열정을 이 작품과 〈협주곡 2번〉에 쏟아부었다. 동경과 찬미의 아름다운 선율로 이어지는 2악장 라르케토가 바로 콘스탄치아에 대한 그리움의 산물이다. 〈협주곡 2번〉의 2악장도 역시 비슷한 성격을 갖고 있다.

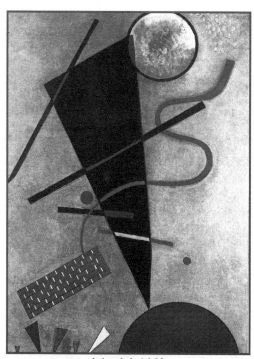

● 칸딘스키의 '접촉' ●

1악장 알레그로 마에스토소, 관현악에 의해 마치 젊음의 꿈을 과시하듯 힘찬 제1주제가 나오고 정열적인 제2주제가 이어진다. 긴 서주부 뒤에 비로소 피아노가 미모를 뽐내는 가인처럼 당당하게 등장하여 앞선 주제들을 반복한다.

2악장은 로맨스 그 자체라고 할 수 있다. 가장 쇼팽다운 순수한 감각과 서정이 물씬 풍긴다.

3악장 론도 비바체는 기교의 화려함, 발랄한 리듬으로 이 작품의 절정을 장식한다. 이 선율에는 다소 음울하면서도 화사한 슬라브적 색채가 가미되어 있다.

왕실 별궁 관리인의 딸이었던 콘스탄치아는 눈부시게 아름답고 매력 넘치는 목소리의 소유자로 알려져 있다. 쇼팽은 이 작품을 콘스탄치아만큼 신선한 매력이 넘치는 작품으로 만드는데 성공한 셈이다.

이 작품은 1985년 쇼팽콩쿠르에서 스타니슬라브 부닌의 연주를 실황녹음한 것이 있는데, 그의 연주는 젊음의 발랄함과 분방한 리듬으로 현대인에게 크게 어필하고 있다. 그밖에 아르헤리치가 아바도 지휘의 런던심포니와 함께 연주한 것이 있다.

고전미와 관능미의 독특한 접속
- 프랑크 〈바이올린 소나타〉

세자르 프랑크의 〈바이올린 소나타 A장조〉는 포레의 소나타와 함께 프랑스를 대표하는 걸작일 뿐 아니라 브람스의 〈제3번〉, 베토벤의 소나타와도 비견될 정도로 높이 평가된다. 이 작품은 무대에서도 자주 연주되는데 거기 비하면 대중적 명성은 별로 높지 않다.

그 원인은 작곡가가 덜 알려진 데도 있고 작품자체의 성격에도 있을 것이다. 바로크나 낭만음악에 길들여진 사람들은 이 작품 선율에서 여전히 약간 낯선 맛을 느낀다. 그러나 주의를 기울여 들어보면 품격있는 고전미와, 관능미라고 할 수 있는 현대적 감각이 잘 접합된 독특한 음악을 듣게 될 것이다.

고전미는 독일적인 것이고, 감각적 관능미는 프랑스적인 것이라고 할 수 있다. 그것은 독일혈통인 프랑크가 일찍부터 프랑스에 정착했으면서도 음악의 뿌리는 독일에 두었던 데서 비롯된다.

프랑크는 과작을 했으며 〈교향곡 d단조〉〈교향적 변주곡〉

등 주요작품을 남겼으나, 역시 그의 이름을 기억시켜주는 작품은 그에게 하나뿐인 이 〈바이올린 소나타〉라고 볼 수 있다.

이 작품은 1886년 바이올리니스트 유진 이자이에게 헌정되었고, 이자이가 각지로 순회연주를 하면서 이 작품을 연주하여 널리 알려지게 되었다.

프랑크의 음악은 인간 내면과 신앙심을 접목시킨 다소 신비적 색채를 띠고 있고 형식에서는 자유주의의 경향이 강하다. 그는 어떤 음악에서나 하나의 주제를 설정하고 그 주제를 전체 악장으로 변형발전시켜가는 순환형식을 쓰고 있는데, 이 작품 역시 그런 방법을 쓰고 있다.

제1악장은 변형된 소나타형식으로 전개부가 빠지고 제시부에서 재현부로 바로 넘어가는데 바이올린과 피아노가 지극히 평화로운 상태에서 대화를 주고받는다.

제2악장에서는 템포가 갑자기 빨라지면서 마치 앞서의 화해를 부정하듯 다소 격렬한 갈등을 노출시킨다.

3악장은 다시 1악장의 평화로운 대화를 회복한다. 마치 갈등의 상처를 어루만지는 것 같은 이 악장의 바이올린선율이 매우 아름답다.

4악장은 전체 주제를 반복하며 대화가 한층 활기를 띠는데 이 작품에서 가장 들을 만한 부분이 화려한 카논기법(엄격한 모방에 의한 대위법의 일종)에 의해 전개된다.

프랑크는 한 젊은 친구의 결혼을 축하하기 위해 이 작품을 쓰게 되었다고 한다. 그 때문인지 만년에 쓴 작품 같지 않게 전체적으로 젊음과 순수한 열정이 넘쳐 흐른다. 이 작품에서

상승과 하강의 순환논리는 종교적 몰입으로 이해되기도 하나 일반 감상자 입장에서는 단순히 세련된 음형의 변화라고 감각적으로 이해하는 것도 무난할 것이다.

이미 원숙기에 접어든 정경화가 이름이 생소한 라두 루푸와 짝을 이루어 데카에서 판을 내놓고 있다.

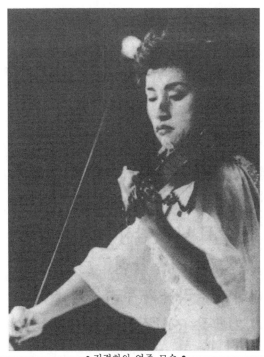

• 정경화의 연주 모습 •

첼로 음악의 '신약성서'

- 베토벤 〈첼로 소나타 3번〉

베토벤의 〈첼로 소나타 3번〉이 첼로음악의 '신약성서'라면 바흐의 〈무반주 첼로 조곡〉은 '구약성서'가 된다.

이런 호칭을 듣는 데는 이 음악의 탄탄한 짜임새와 기품 높은 선율에도 이유가 있겠지만, 이 곡이 첼로를 피아노와 대등한 위치에 놓고 작곡된 최초의 소나타란 점도 크게 작용했을 것이다. 모차르트시대만 해도 독주악기로 첼로의 역할은 보잘것 없었다. 이 곡에서는 과거에 비해 첼로가 비로소 넓은 음역을 자유롭게 넘나들게 되어 피아노의 분방한 연주에 대항할 수 있게 되었다.

베토벤은 5개의 첼로 소나타를 만들었는데, 그 중 이 〈3번〉이 가장 뛰어나며 널리 알려진 곡이다.

이 곡이 작곡된 것은 그가 38세 때인 1808년인데, 비슷한 시기에 교향곡 5번, 6번(전원)을 잇따라 내놓은 걸 보면 그의 창작열이 한창 타오르던 시기의 작품임을 알 수 있다. 이 작품은 당시 전쟁기념관 관리자이며 절친한 친구였던 이그나츠 공작에게 헌정되었고, 작곡된 다음해에 첼리스트 니콜라

스 크라프트와 베토벤 피아노 연주의 선구세대라 할 수 있는
바로네츠 도로테아에 의해 초연되었다.

이 작품의 첫 악장을 들어보면 한 고독한 산보자가 인생과
예술에 대해 유연하고 다채로운 사색에 잠겨 천천히 들판을
거닐고 있는 듯한 모습이 연상된다. 풍성한 자연은 그에게
넓고도 너그러운 품을 제공한다.

베토벤이 아직 청각을 완전히 상실하기 전 그는 숲과 언덕
등 자연의 품에 대한 찬미의 말을 여러 차례 피력한 바 있다.

• 작곡에 몰두하고 있는 베토벤 •

끊임없이 변화하는 자연의 신비, 그것에 대한 느낌을 형이상화한 것이 〈교향곡 6번 전원〉이라면, 이 〈첼로 소나타 3번〉은 그것의 축소판이라고 할 수 있다. 이 작품이 〈전원〉에 바로 뒤이어 나온 작품이란 점은 시사하는 바가 있다. 그는 이 시기에 가장 행복했고 삶에 대해 가장 긍정적인 생각을 갖고 있었던 것이다.

1악장 서주는 무척 명상적이며 자연을 관조하는 듯한 여유를 지닌다. 2악장 스케르초에서는 피아노와 첼로의 대화가 숨가쁘게 이어지는데 여기서는 무한히 뻗어가는 생명의 힘이 느껴진다.

베토벤의 다른 작품에서처럼 이 작품 역시 높은 기품과 타는 듯한 정열로 가득하다.

낭만주의가 문을 열던 초기에 태어난 이 작품은 단단한 짜임새와 베토벤의 개성이 잘 나타난 점으로 첼로음악의 고전임이 분명하다.

이 작품 연주로는 카잘스와 슐호후의 것이 정평이 있으나, 근래의 것으로는 아시아계 피아니스트 멜빈 탄과 앤소니 플리스의 연주가 신세대다운 명쾌함과 부드러움으로 호평을 받는다. 그리고 내한연주를 가졌던 샤프란의 오래된 음반은 독특한 개성적 연주로 명반의 대열에 오를 만하나 아직 CD로 나온 것은 없다.

애수 · 열정 · 유랑의 집시음악
- 리스트 〈헝가리 광시곡〉

헝가리 고유 의상을 입고 있는 리스트

작곡가보다 피아노 연주의 대가로 더욱 강한 인상을 남긴 리스트이지만 그는 교향시를 비롯, 훌륭한 피아노곡과 가곡 등 다방면에서 업적을 남긴 작곡가였다. 특히 그의 피아노곡들은 연주의 기술적 영역을 확대한 점에서 높이 평가된다. 피아노 독주곡 〈헝가리 광시곡〉은 피아노 연주의 대가로서 리스트의 장인기질과 헝가리 집시음악의 특징인 정열적인 리듬이 서로 만나 절묘한 조화를 빚어낸다.

광시곡이란 희랍시대 방랑시인의 음유시를 가리키는 말로 그만큼 형식에 구애받지 않고 자유롭게 상상을 펼쳐간다는 뜻을 포함하고 있다.

리스트는 헝가리 태생이지만 1823년 11세 때 모국을 떠난 이래 생애의 대부분을 프랑스 독일 등지에서 보냈다. 그가 모국을 다시 찾은 것은 1839년 27세 때인데 모두 19곡의 작품 중 15곡이 1839년에서 1848년 사이에 작곡된 것을 보면 이 여행이 이 작품탄생의 계기가 되었음을 알 수 있다.

이 작품에서 리스트는 헝가리 전통무곡의 양식인 〈차르다슈〉를 사용하고 있는데 느리고 짙은 애수가 배어 있는 〈라산〉과 빠르고 정열적인 〈프리스카〉가 혼합된 차르다슈는 집시음악의 특징과도 일치하는 것이다. 이 기법을 가장 충실하게 반영하고 있는 곡이 제2번인데, 이 작품은 전체 작품 중 내용과 기교면에서 가장 뛰어난 곡이고 널리 알려진 곡이기도 하다. 피아노의 기교가 최대한 발휘된 이 곡에서 마법적인 피아노 연주술과 피아노가 표현하는 풍부한 표정들을 감상하는 즐거움은 아주 특별한 것이다. 이 초인적 기교 때문에 리스트 음악은 한때 오해도 받았다. 짧은 시간에 너무 많은 음표가 동원되어 내용의 빈곤을 초래한다는 것이다. 그러나 현대에 와서 그는 피아노음악의 개척자로 재평가받고 있다.

〈헝가리 광시곡〉은 특정지역의 민속음악을 예술작품으로 승화시킨 가장 좋은 사례이다. 여기에는 유랑의 자유, 낭만적인 기질, 변덕과 모험, 운율의 속박에서 벗어나려는 충동 등 집시음악의 속성들이 골고루 섞여 있는데 이것은 리스트의 기질과도 상통하며 낭만주의의 성격에도 그대로 부합된다. 이 작품은 일부가 리스트와 제자 도플러에 의해 관현악곡으로 편곡되어 지금은 독주곡보다 관현악곡이 더 자주 연주되고 있다.

　이 작품 연주는 리스트 음악 해석에 상당한 열정을 기울여 온 브렌델의 것이 뱅가드에서 나와 있고, 관현악곡으로는 쿠르트 마주어가 게반트하우스 관현악단과 연주한 것이 있다.

생생한 자연의 소리
- 하이든 〈현악4중주곡 종달새〉

하이든은 교향곡뿐만 아니라 고전 현악4중주곡의 완성자로도 불린다. 그는 평생 70여 곡의 현악4중주곡을 썼는데 그가 마지막까지 미완성 작품(103번)에 매달린 것을 보면 이 형식에 얼마나 큰 애착을 갖고 있었는지 알 수 있다. 이들 작품 중에서 현재 가장 사랑을 받는 곡은 초기작인 〈세레나데 작품 3-5〉와 후기의 대표작인 〈황제 작품 76-3〉, 그리고 역시 후기작품에 속하는 〈종달새〉이다.

〈세레나데〉는 2악장에 애수가 깃든 세레나데를 가진 아름다운 곡이며, 〈황제〉는 2악장에 오스트리아 국가가 변주곡 형태로 들어있다는 점에서 잘 알려진 곡이다.

여기에 비해 하이든의 후기가 시작되는 1790년에 작곡된 〈현악4중주곡 제67번 D장조 종달새〉는 균형감이 뛰어난 구성과 생생한 자연의 소리를 단아한 악상으로 빚어놓은 특출한 매력으로 하이든 현악4중주곡 가운데 백미에 해당하는 작품이다.

이들 세 작품은 각각 그 시기마다 작곡가의 경향과 변화의 특징들을 잘 보여준다는 점에서도 의미가 있다.

　하이든은 원숙기로 접어든 58세 때 이 작품을 썼고 친구이
자 바이올리니스트였던 요한 토스트에게 작품을 헌정했다.
종달새란 이름은 이 작품 1악장 주제선율과 4악장의 음형이
종달새의 노래와 비상을 연상시킨다 해서 얻어진 이름인데,
유난히 아름답고 빼어나 이 주제선율을 바이올린 독주로 연
주하게 한 걸 보면 하이든이 친구에게 각별한 배려를 베풀었
다는 걸 짐작케 된다.

　1악장 알레그로 모데라토는 낮은 스타카토로 시작되며 곧
아름답고 유려한 제1주제 선율로 이어진다. 종달새의 노래를
연상시키는 이 부분은 무척 깔끔하고 시원하게 처리되었으며

이 곡의 얼굴과 같은 부분이다. 제2주제는 여러 악기들의 화음이 보다 활달하게 펼쳐진다. 균형미와 명쾌성을 중시하는 하이든의 면모가 드러나는 멋진 악장이다.

2악장 아디지오 칸타빌레는 달콤하고 밝은 제1주제와 약간의 애수가 깃든 제2주제 선율이 선명하게 대조를 이룬다.

3악장 미뉴에트는 경쾌한 가락으로 바이올린이 애교를 부리는데 새가 걷는 모습을 연상시킨다.

4악장 피날레는 숨쉴 겨를없이 진행되는 무궁동 악상이 끝까지 이어지며 중간에 잠시 출현하는 푸가풍의 새 주제는 신선한 맛을 더해준다.

연주는 관록을 보이는 스메타나 4중주단의 판이 EMI에서 나와 있고, 그라모폰의 하겐 4중주단은 젊은 신예들의 참신한 맛을 보여준다.

아름다운 불면증 치료제
- 바흐 〈골드베르크 변주곡〉

한 궁정귀족이 불면증에 시달린 나머지 궁정 하프시코드 연주자로 있는 15세 소년에게 잠을 불러오는 음악을 만들어달라고 간청했다. 소년은 스승에게 이 간청을 전했고, 놀랍게도 스승은 수면제 대용의 이 음악을 곧 만들어 제자에게 건네줬다. 더욱 놀라운 것은 이 음악을 들은 팔자좋은 귀족께서 불면의 고통에서 쉽게 벗어날 수 있었다는 사실이다.

이 음악이 바로 오늘날 건반음악의 한 정점으로 평가되는 〈골드베르크 변주곡〉이며, 이 작품탄생에 중요한 역할을 맡은 소년의 이름이 그대로 작품이름이 되었다. 이 거짓말 같은 일화에서 우리가 느끼는 것은 바흐의 대범함, 그리고 일상의 사소한 동기에서 음악을 끌어내는 그 놀라운 창조성이다. 그러나 이 음악을 대뜸 수면제로 사용하려는 건 오산이다. 그는 귀가 꽉 막혔거나 혹은 놀라운 경지에 도달한 사람, 둘 중 하나일 것이다.

바흐의 모든 작품이 그렇지만 이 음악 역시 우리에게 참으로 많은 즐거움과 위안을 준다. 건반악기의 모든 기교와 가

———— J. S. 바흐와 세 아들 ————

능성, 그 아름다운 성취를 이 음악은 보여준다. 이 즐거움은
어떤 특정한 기분이나 주제에 의존하지 않으며 지극히 평정
한 마음으로 오직 숨을 쉬고 여기에 존재한다는 사실만으로
즐거워지는 그런 것이다. 어떻게 한 사람 손끝에서 이처럼
다채로운 선율이 쏟아져나올 수 있을까.

바흐는 말년에 해당되는 라이프치히시대에 성토마스교회 칸
토르로 있으면서 140여 곡의 칸타타를 비롯, 마태수난곡, 마
니피카토 등 많은 걸작을 남겼고 〈골드베르크 변주곡〉도 원
숙기에 접어든 이 당시의 작품이다. 이 음악은 4부로 된 클
라비어연습곡의 마지막 부분으로 1742년에 출판되었다. 바흐
는 평생 한 차례도 국경을 넘어보지 않고 오직 자국의 몇 개

도시에서만 거주했는데, 음악에 관해서는 이탈리아, 프랑스 등 타국의 경향에 민감한 관심을 보였고 그것을 집중연구해서 창작의 밑거름으로 삼았다. 30개의 변주로 이루어진 이 작품에서도 그는 무곡과 푸가, 카논과 아라베스크 등 건반악기의 모든 형식과 요소를 고루 시험하고 있다.

본래 이 음악은 여러 개의 아리아에서 주제를 빌렸는데 이 아리아 가운데는 민요에서 가사와 선율을 따온 것도 있다. 그러나 이 음악을 듣는데 있어 막상 주제는 그다지 큰 의미를 갖지 않는다. 바흐에게 성가곡을 제외하고는 주제의 영향이란 미미하거나 거의 없는 일반경향이 여기서도 적용된다.

바흐시대의 맛을 살리는 하프시코드 연주로 실비아 마아로베의 RCA판이 있고, CD로 발매된 것 중에 피아노의 글렌 굴드(SKC)와 쳄발로의 란도브스카(EMI)가 명연으로 꼽히고 있다.

스페인 정취 어린 첼로곡의 백미
- 에두아르 랄로 〈첼로 협주곡〉

　에두아르 랄로의 이름을 널리 알려준 것은 바이올린 협주곡인 〈스페인 교향곡〉과 그에게 하나뿐인 〈첼로 협주곡〉일 것이다. 이 두 작품은 스페인적 정취가 깊이 배어 있고 독주악기와 관현악기의 조화가 잘 처리되어 있으며 작곡시기도 비슷하다는 공통점을 가지고 있다.

　특히 〈첼로 협주곡〉은 탄탄한 구조와 이국풍의 색채가 풍부한 선율로 근대 첼로 협주곡 가운데 백미로 평가된다. 스페인 혈통이지만 북부 프랑스 릴 태생인 랄로는 바이올린, 비올라, 첼로 연주 등에 두루 능통했던 것으로 알려져 있다. 그가 독주악기의 역할을 적절하게 살렸다고 평가되는 〈스페인 교향곡〉이나 〈첼로 협주곡〉 같은 작품을 써낸 것은 그런 점에서 우연이 아니다. 피아노와 달리 보통 현악기는 대편성의 관현악의 위용에 눌려 자칫하면 소리가 들리지 않게 되는데 이 협주곡은 독주 첼로가 한순간도 결코 가려지는 경우가 없도록 세심하게 배려돼 있는 것이다.

　이미 20대에 작곡을 시작한 랄로는 초기에 인정을 받지 못하다 51세가 되었을 때 〈바이올린 협주곡 F장조〉를 발표하고 이듬해 〈스페인 교향곡〉을 내놓으면서 이름이 알려지게 되었다. 〈첼로 협주곡〉은 1876년 53세 때 작곡되어 다음해 작품을 증정받은 첼리스트 아돌프 피셔에 의해 파리에서 초연됐다.

랄로음악의 특징은 강한 이국적 취향과 귀족적인 단아함에 있다. 그의 모든 작품은 잘 빚어진 조각품처럼 우아하고 섬세한 맛을 풍기며 이런 성향이 스페인적 정취와 어울려 독특하고 세련된 음악을 빚어내고 있다.

이 〈첼로 협주곡〉에서도 이런 특징들은 잘 드러나고 있다. 이 협주곡 악장들은 대체로 세 부분으로 분류되는데 독주 첼로에 의해 주제가 연주되는 도입부와 시적 분위기를 자아내는 전개부, 그리고 독주자의 장인적 연주술이 발휘될 수 있

는 빠르고 현란한 종결부 등이다. 따라서 카덴차(곡의 끝에 첨가하는 기교적인 독주부분)가 따로 준비되지 않는다.

1악장에서는 향수를 불러일으키는 감미로운 주제선율을 들을 수 있으며, 2악장에서는 현과 플루트가 피치카토와 스타카토로 번갈아 반주하는 숨막히는 장면이 귀를 즐겁게 해준다. 3악장은 첼로가 론도의 제1주제를 힘차게 연주한 뒤 제2주제로 스페인 민속춤곡인 하바네라의 율동적 선율이 이어지는데, 이것은 유명한 사라사테의 바이올린곡 〈하바네라〉의 주제와 같은 것이다. 전체적으로 관현악과 독주첼로가 마치 잘 맞물린 톱니바퀴처럼 한치의 오차도 없이 조화를 이뤄내고 있음을 느끼게 된다.

연주는 푸르니에가 지휘자 장 마르티농과 협연한 것이 있고, 근래의 음반으로는 요요 마와 로린 마젤이 협연한 것이 있다.

피아노가 있는 교향곡
- 브람스 〈피아노 협주곡 2번〉

브람스는 피아노 협주곡 2곡, 바이올린 협주곡과, 바이올린과 첼로를 위한 이중협주곡 등 모두 4곡의 협주곡을 썼다.

〈피아노 협주곡 2번〉은 협주곡으로는 드물게 스케일이 크고 중후한 작품으로, 음악적으로 원숙기에 접어든 브람스가 그의 개성과 특징들을 골고루 보여준 걸작이라고 할 수 있다.

이 작품은 3악장으로 구성되는 협주곡의 관례를 깨고 교향곡처럼 4악장의 체제를 갖추고 있으며, 내용면에서도 피아노가 관현악과 서로 경쟁하지 않고 마치 오케스트라의 한 부분처럼 좋은 융화를 이루고 있다는 특징을 갖고 있다. 그 때문에 이 작품은 '피아노가 있는 교향곡'으로 불리기도 한다.

브람스는 1878년 봄 이탈리아를 여행했는데 그는 남부 이탈리아의 풍광과 정취에 흠뻑 젖게 되었다. 이 작품구상은 그때의 감흥에서 비롯된 것이다. 이것은 알프스의 풍광에서 탄생한 〈첼로 소나타 2번〉을 연상시킨다. 브람스 전기는 그의 이탈리아 여행을 '그의 생애 가운데 시간의 기쁨에 몸을 맡긴 가장 행복한 시기'로 묘사하고 있다. 브람스 작품들이

● 지휘자 칼 뵘 ●

대체로 너무 음울하고 무거운 느낌을 주어 쉽게 끌려들기 어렵다는 평을 듣는데 비해 이 작품만은 유독 경쾌한 선율과 밝은 색채감을 풍부하게 담고 있는 것도 그 때문인지 모른다. 브람스는 여행 이후 3년이 지난 1881년에 이 작품을 써냈는데 여기서도 완벽주의자 브람스의 일면이 느껴진다.

1악장 알레그로 논 트로포는 조용한 호른의 독주 뒤에 호흡이 긴 피아노의 응답이 이어진다. 부드러움과 엄숙함이 함께 배어 있는 주제 선율이 매우 장중한 느낌으로 다가온다.

2악장은 교향곡의 스케르초에 해당하는 부분으로 다소 경쾌하며 피아노는 아름답고 서정성이 짙은 주제를 연주한다.

3악장 안단테는 첼로 독주가 등장하는 게 특징이다. 첼로가 로맨틱한 감정을 노래하면 피아노는 보다 명상적인 선율로 화답한다. 브람스 작품에서 보기 드문 밝고 풍부한 색채, 아름다운 선율은 남부 이탈리아의 아늑한 풍광이 빚어낸 소리라고 할 수 있다.

론도 형식의 4악장은 밝은 태양 아래서 즐겁게 춤추는 모습을 연상시키며 피아노의 높은 기교를 엿볼 수 있다.

브람스는 어릴 때 돈을 벌기 위해 선술집에서 피아노를 치고 때로는 오락작품을 만들어 팔기도 했다. 그러나 뒷날 이 작품들은 모두 파기되었다. 그는 자기 작품에 늘 엄격한 기준을 요구했던 것이다. 그뿐 아니라 그는 생활에서도 엄격한 절제로 일관했다. 클라라 슈만에 대한 브람스의 절제된 애정은 너무 유명한 이야기이다.

이 작품 연주는 빌헬름 박하우스가 칼 뵘이 이끄는 빈 필과 협연한 것이 명연으로 알려졌고, 아슈케나지와 주빈 메타가 협연한 것도 나와 있다.

비극적 말년 고뇌하는 모차르트의 소리
- 모차르트 〈피아노 협주곡 20번〉

　모차르트는 타인의 작품을 편곡한 초기의 4곡을 포함, 27
곡의 피아노 협주곡을 썼는데 이 가운데 가장 높이 평가되는
것이 〈피아노 협주곡 제20번〉이다.

　이 〈d단조협주곡〉은 그의 〈24번 c단조협주곡〉과 함께 그의
피아노 협주곡 중 2개뿐인 단조작품으로 모차르트 작품의 일
반적인 성격인 화려한 기교와 밝은 색채에서 벗어나 어둡고
우울한 음영이 짙게 드리운 작품이란 특징을 갖고 있다.

　그럼에도 불구하고 이 작품에서 모차르트의 품성으로 굳어
져버린 천진성, 치기, 물정에 어두운 바보스러움 등과는 거
리가 먼 원숙하고 사려깊은 한 예술가의 고뇌를 읽어낼 수
있다. 그의 아버지 레오폴드는 아들이 연주하는 이 작품을
듣고 너무 감동한 나머지 눈물을 흘렸다고 하며, 베토벤은
이 작품이 너무 마음에 들어 1악장과 3악장에 멋진 카덴차를
붙여 작품에 경의를 표했다.

　이 곡이 씌어진 것은 모차르트가 29세 때인 1785년으로 당
시 빈에서는 주로 장조로 된 밝고 발랄한 피아노 협주곡이

――――――― 하프시코드를 연주하는 어린 모차르트 ―――――――

한창 인기를 끌었다. 1784년 이후 불과 3년 동안에 모차르트
가 12곡의 피아노 협주곡을 써낸 것을 보면 그 사정을 알 수
있다. 이 작품은 당시의 그같은 대중적 요구에 반하는 것으

로, 모차르트는 이 작품에서 예술가로서 진정한 고뇌와 정열을 표현하고 싶었던 것이다.

1악장 알레그로에서는 우울하게 시작되는 관현악 서주에 뒤이어 맑고 청아한 피아노가 살며시 등장하여 마치 애달픈 사연을 들려주듯 조용히 속삭인다. 슬퍼하는 모차르트의 모습이 보이는 것 같다.

경쾌한 피아노로 시작되는 2악장은 뜻밖에도 밝고 아름답기 그지없다. 마치 구름이 잠시 걷히고 해가 비치는 정원풍경을 연상시킨다. 황홀하고 유려한 피아노독주가 펼쳐지는데 마음속에 간직한 음악의 꿈, 삶의 꿈을 노래하는 것 같은 장면이다. 슬픔을 뛰어넘는 이 장면에서 모차르트의 원숙성이 느껴진다.

3악장은 다소 격렬하다. 피아노와 관현악이 서로 싸움을 벌이듯 경연하는데 여기서는 어떤 강한 주장이 감지되기도 한다. 모차르트에게서는 좀처럼 볼 수 없는 거친 격렬성이 베토벤을 연상시킨다.

이 작품을 쓰던 시기는 모차르트에게 말년의 비극적 삶이 시작되던, 아주 힘든 시절이었다. 이 시련 앞에서 탄생한 작품이 바로 〈피아노 협주곡 제20번〉이다.

이 작품 연주는 모차르트 연주로 정평 있는 클라라 하스킬의 오래된 음반이 있으며, 최근 신성으로 등장한 키신의 음반이 RCA에서 나와 있다.

철학과 음악 사상을 녹인 마지막 걸작

- 베토벤 〈합창교향곡〉

　베토벤의 마지막 교향곡인 이 작품은 해가 바뀔 때마다 세계의 많은 도시에서 듣게 되는 행사음악으로 정형화되었다. 그러나 그런 성격을 떠나 이 작품은 거인 베토벤이 그의 철학과 음악 사상을 최고의 음악으로 표상하려 했던 그의 마지막 걸작이란 의미를 지닌다.

　이 작품의 발단은 실러의 시 〈환희의 송가〉에서 비롯되었다. 베토벤은 일찍부터 실러의 시에서 감명을 받고 1792년(당시 22세)에 벌써 그것을 음악으로 만들 생각을 하게 되는데 실제 작품 착수는 1817년에 시작했고 1824년 54세 때 비로소 완성을 보게 된다.

　이 작품이 그의 다른 걸작들-교향곡 제3번, 제5번-과 다른 점은, 악장구조에서 엄격한 고전주의 틀을 벗어난 점도 있지만 무엇보다 큰 특징은 4악장 후반에 관례를 깨고 인간의 노래를 차용하고 있다는 것이다. 당시 관행상 이것은 매우 파격이었다. 작곡자 자신도 한동안 다른 관현악곡(현악4중주 작품 132)으로 성악부분을 대체할까 하고 상당히 오래 망설

'제9교향곡' 초연 때 소
프라노를 맡았던 헨리에
테 존다크.

인 흔적이 있다. 이것은 인류의 우애와 평화를 노래한 실러
의 시에 대한 그의 강한 집착을 말해주는 실례이기도 한다.

소나타형식의 1악장은 그 서주가 신비로우며 이 작품전체
의 성격을 암시하듯 인생의 긴 여정을 연상시킨다. 로맹 롤
랑은 이 교향곡을 듣고 "긴 여행의 끝에서, 혹은 산의 정상에
서 걸어온 길을 회고하는 것 같다"고 말했다.

2악장은 고전파의 관례인 느린 안단테를 벗어나 빠르고 쾌
활한 몰토 비바체를 들려주는가 하면, 3악장은 반대로 미뉴
에트나 스케르초 대신 온화한 아다지오를 들려주고 있다. 2
악장과 3악장은 젊음의 열광과 장년의 관조를 각각 표현한다
는 점에서 대조적이다.

4악장에서는 앞의 악장의 주제선율들이 차례로 반복되는데
이것은 투쟁·열정·사랑을 걸쳐 환희에 이르는 주제를 도출
하기 위한 방편으로 보인다. 특히 4악장에서 낮게 가라앉은

첼로와 콘트라베이스의 주선율이 점차 확대되어가는 모습은 비할 데 없이 아름답고 장려한 느낌을 전해준다. 후반을 장식하는 합창과 중창의 매력을 빼놓을 수는 없다. 이 노래들은 어떤 냉정한 마음이라도 녹일 만큼 경건하고 순수한 선율로 되어 있다.

이 작품을 만들 당시 베토벤은 청각을 완전히 상실한 상태였고, 편애하던 조카의 자살소동으로 마음이 크게 상해 있었다. 이런 극한 상황에서 그는 〈환희의 송가〉 같은 축복의 노래를 써낸 것이다. 그가 초연 당시 청중의 우레 같은 갈채를 듣지 못해 옆에 있던 가수가 그를 돌려세워 비로소 청중의 뜨거운 반응을 알게 되었다는 얘기는 잘 알려진 일화이다.

이 작품 연주는 푸르트벵글러가 바이로이트 축제관현악단과 합창단을 이끌고 실황녹음한 음반을 으뜸으로 치며, 그의 후계자격인 카라얀이 베를린 필과 비엔나합창단과 함께 녹음한 것이 그라모폰에서 나와 있다.

우아하고 낙천적인 선율에의 초대
- 하이든 〈첼로 협주곡 D장조〉

작곡 중인 하이든

하이든은 104곡이나 되
는 교향곡을 비롯, 다양한
양식에서 왕성한 창조력을
발휘한 작곡가이다. 그는
첼로 협주곡을 6곡 이상이
나 쓴 걸로 알려졌으나,
현재 연주되고 있는 것은
〈협주곡 D장조〉를 비롯,
〈C장조〉와 〈G장조〉 등 세
곡 정도다.

〈첼로 협주곡 D장조〉는
탄탄한 짜임새와 다양한 기교, 그리고 깊이 있는 악상으로
그의 대표작이라 할 수 있으며 숫자가 많지 않은 첼로 협주
곡 가운데서도 가장 활발하게 연주되고 있는 곡이다. 이 작
품은 하이든이 51세이던 1783년에 완성됐는데, 30세에 작곡
한 〈C장조〉와 비슷한 시기의 작품으로 추정되는 〈G장조〉와

는 여러 면에서 구별된다. 그것은 하이든이 초기에 우아함과 밝음, 형식의 완벽성만을 추구했던데 비해 말년에는 보다 서민적 정서와 다양한 정감을 살리려는 경향을 나타낸 것과 관련이 있다.

이 작품은 하이든이 30년이나 봉직했던 에스테르하지 궁정 악단의 첼리스트 크라프트를 위해 작곡했는데, 공교롭게도 한때 이 작품이 크라프트의 작품일지도 모른다는 논란이 있었다. 이 오해는 1954년 빈에서 하이든의 자필원고가 발견되어 해소되었다.

〈첼로 협주곡 D장조〉는 고전시대의 모범답안답게 선명한 윤곽과 확실한 리듬, 그리고 세련되고 명료한 멜로디가 그 특징이며, 독주 첼로의 활약이 어느 협주곡보다 두드러진다. 여기에 하이든 특유의 낙천적이고 활달한 성격이 가미되고 있다.

1악장은 협주풍의 소나타 형식으로 전원적인 밝은 분위기와 첼로의 화려한 독주가 잘 어울리고 있다. 2악장 론도는 변화무쌍한 멜로디가 즐거운 분위기를 자아낸다. 3악장은 화려한 론도 형식으로 아름다운 관현악의 선율을 배경 삼아 첼로가 다양한 기교를 선보이고 있다. 이 작품 역시 하이든의 다른 음악들처럼 잠시도 느슨한 순간을 허용하지 않는 완벽성을 보여준다.

하이든은 초기에 "음악은 사람들을 즐겁고 기쁘게 하면 그만"이란 생각을 가졌던 것 같다. 〈협주곡 C장조〉나 〈협주곡 G장조〉를 들어보면 그런 느낌을 받게 된다. 다소 변화는 있

지만 이 작품의 가장 큰 미덕 역시 우아하고 낙천적인 선율
과 세련된 화음이 주는 즐거움이다.

이 작품의 원본에는 관악에 오보에와 호른 두 개씩만 사용
하던 것을 1890년 벨기에의 음악학자 주베르가 플루트, 클라
리넷, 파곳을 각각 두 개씩 관악 파트에 추가하여 편곡했고,
현재는 이 편곡이 주로 연주되고 있다.

이 작품 연주에는 자크린 뒤프레가 고전적 맛을 살린 음반
을 남기고 있고, 협주곡 3곡을 모두 녹음한 마이스키의 음반
이 그라모폰에서 나와 있다.

2부 음악의 오솔길

- 음악 에세이 -

알 수 없는 음악의 힘

첼리스트 파블로 카잘스의 전기 『나의 기쁨과 슬픔』을 보면 이런 대목이 나온다.

"그때 우연히 나는 바흐의 〈마태 수난곡〉을 처음 듣게 되었는데 너무 충격을 받은 나머지 그만 몸져눕게 되었다. 나는 아무것도 먹지 못하고 그저 천장만 바라보고 있었는데 이런 상태가 거의 수개월 동안이나 계속되었다."

만약 보통 사람 입에서 이런 말이 나왔다면 허풍도 이만저만한 허풍이 아니라고 단정했을 것이다. 아무리 천하의 카잘스가 한 말이지만 처음 이 글을 읽었을 때는 고개를 갸웃거리지 않을 수 없었다. 그러나 차분하게 생각해보면 충분히 있을 수 있는 일이라고 여겨진다. 보통 사람인 나도 그 비슷한 체험을 겪었는데 특별한 가슴과 감수성의 소유자인 카잘스의 경우야 말해서 무엇하랴. 그의 전기 『나의 기쁨과 슬픔』은 아마 내가 최근 십여 년 동안에 읽은 책 중에서 가장 감명 깊었던 몇 권의 책에 속할 것이다.

2년쯤 전 호암아트홀에서 헝가리 출신 첼리스트 야노스 슈테르케르의 첼로 연주회가 있었다. 이 사람은 전에도 우리나

라에 두어 차례 왔던 사람인데 세계 정상급 연주가의 오랜만
의 내한 연주인지라 꼭 가보고 싶었다. 연주회장에는 정치가
들, 사장님들, 음악애호가 등 장안의 명사들이 가득 몰려 왔
었다. 슈테르케르는 옛날보다 머리가 더 벗겨졌고 연주할 때
도 안경을 끼고 있는 게 전과 다른 모습이었다. 그러나 본래
단정했던 연주자세는 조금도 흐트러짐이 없었고 도리어 전보
다 더욱 엄격하고 진지한 인상을 풍겼다.

  그날 밤 내가 가장 감명을 받은 것은 슈테르케르가 쿠프랭
의 첼로 콘체르토를 연주했을 때였다. 첼로를 특히 좋아하는
편이지만 그 곡은 처음 들었다. 그 무렵에 나는 번거로운 일
상사에 매달려 음악을 가까이 할 겨를조차 없었다. 어쩌다
연주회장에 나가도 감동을 받기는커녕 피로와 짜증만 느끼기
일쑤였다. 좋은 음식도 식욕이 나고 쾌적한 기분 속에서 맛
봐야 제 맛을 알듯 음악 역시 정신적으로 여유가 있고 마음

이 정돈되었을 때 귀에 제대로 들어오는 것이다. 물론 반대의 경우도 있긴 하다. 마음이 어지러울 때, 혹은 괴로울 때 음악을 듣고 위안을 얻고 안정을 찾는 경우도 흔히 있다. 그렇다고 하더라도 그 무렵에 나의 마음은 음악을 제대로 들을 수 있는 상태가 아니었다.

그러나 슈테르케르가 쿠프랭을 연주하기 시작했을 때 나도 모르게 음악 속에 빨려들어 갔다. 알 수 없는 음악의 힘이었다. 피아니시모와 포르티시모가 숨가쁘게 엇갈리며 정상으로 치달을 때 나는 만사를 잊고 슈테르케르가 휘젓는 활의 방향만 좇아가고 있었다. 쿠프랭의 첼로 콘체르토는 강렬한 비장감은 없으나 화사하고 다소 장식적인 선율을, 자세히 들어보면 봄날 전원에서 피어나는 향그러운 아지랑이를 느낄 수가 있다. 슈테르케르의 단정한 연주와 이 음악의 정교한 구조가 잘 어울리는 것 같았다. 나는 한동안 꿈꾸듯 선율에 취해 있었다. 정말 오랜만의 값진 경험이었다. 나이 들어 세속의 때가 점점 더 묻고 번거로운 일상사는 늘어만 가는 생활 속에서 그것은 내게 아주 귀중한 체험이었다. 연주회장을 나와서도 나는 조금 전에 체험한 황홀한 시간만을 머릿속에서 반추하고 있었다. 그것은 마음을 정화시켜 주고 세상에서 진정으로 아름다운 것이 무엇인가를 가르쳐준 시간이었다.

그 뒤 나는 일주일 가량 쿠프랭과 슈테르케르의 환영 속에서 살았다. 물론 쿠프랭의 음반을 구입해서 다시 그 음악을 감상했다. 〈마태 수난곡〉을 처음 듣고 수개월 동안이나 몸져 누웠던 카잘스에 비할 바는 아니지만 이 체험으로 미뤄 보더라도 카잘스의 말이 허풍이 아님을 알 수 있는 것이다.

최근에 나는 종교가 무엇이냐는 질문을 받았는데 내 종교는 음악이라고 즉석에 대답했던 일이 있다. 물론 종교와 음악의 본질적 차이를 모르고 한 말은 아니다. 약간은 우스개로, 약간은 진담으로 비유삼아 이런 대답을 했던 것이다. 지금 나는 신앙인이 아니다. 그런데 가령 신앙인이 자기 믿음을 통해서 위안과 즐거움을 얻는다면 나는 음악에서 그런 것을 얻기 때문에 그런 대답이 가능한 셈이다. 재담을 잘하는 어느 화가 친구는 말했다.

"교회당에서 목사님 설교를 백 번 듣는 것보다 차라리 바흐의 칸타타나 조곡 하나를 듣는 편이 훨씬 복음적이다."

바흐 음악이 대체로 교회음악을 위해 만들어졌다는 것은 잘 알려진 사실이다. 친구의 이 말은 목사님의 설교가 복음적이지 못하다는 뜻이 아니라 바흐 음악이 그만큼 위대하다는 뜻의 강조였을 것이다. 음악을 안 듣거나 이해 못 하는 문화인들 혹은 예술가들을 만날 때마다 나는 의아심을 느낀다. 음악을 알아야 문화인이고 예술가라고 단정하는 건 무리가 있을지 모르나 음악을 모르는 감성은 곤란한 것이다.

음악의 최상의 선물은 감동이다. 모든 음악이 감동만 주는 건 아니지만 음악이 가장 감동적일 때 우리는 음악의 높은 가치를 깨닫는다. 음악을 직업 삼지도 않고, 음식처럼 매일 반드시 섭취해야 하는 것도 아닌데 무엇 때문에 음악을 찾아야 하는가? 음악전문가는 차라리 음악에 냉정할 수가 있다. 그러나 애호가는 오직 감동을 찾아서 음악의 문을 두드린다.

언어를 연주하는 음유시인, 다니엘 샤프란

 얼마전 그가 모스크바에서 별세했다 한다. 1923년 생이니까 우리 나이로 75세를 산 셈이다. 이 소식을 최근에야 뒤늦게 들었는데 그의 연주를 특별히 좋아하는 내게 그것은 적지 않게 슬픈 소식이었다.

 내가 그의 이름을 처음 알게 된 것은 1979년 봄, '멜로디아'에서 나온 그의 음반을 만난 것이 계기가 되었다. 이 음반에는 베토벤 첼로 소나타가 수록되어 있었다. 그때까지 국내에는 샤프란(1923~1997)이란 이름이 거의 알려져 있지 않았다. 고전음악만 내보내는 방송국에도 그의 음반 한 장이 없던 때였다. 내 기억으로는 80년대 초엔가 방송국에 나가서 내가 그의 음반을 소개한 것이 처음 국내에 그의 이름이 알려진 기회가 아니었나 생각된다.

 샤프란은 로스트로포비치와 같은 연배다. 로스트로포비치와는 1950년 체코에서 열린 '프라하의 봄' 콩쿠르에서 공동우승하면서 서방세계에 이름이 함께 알려진 인연도 갖고 있다. 그러나 같은 러시아 음악학교 출신이면서도 두 사람은 연주 스타일, 행동반경과 성격이 아주 대조적이다. 로스트로포비

치가 서방세계를 자유롭게 드나들며 화려한 스타의 길을 걸
어온 것은 다 아는 사실이다. 그는 정치적 발언도 서슴치 않
으며 무너지는 베를린 장벽을 찾아가서 즉흥연주도 곧잘 해
낸다. 샤프란은 내가 보기에는 은둔자에 가깝다.

그의 이름이 한국에까지 알려지는 데 한·러 수교 이후에도
몇 년씩이나 걸린 것만 봐도 그가 적극적으로 무대를 찾아다
니는 체질이 아닌 것을 알 수 있다. 그는 무대뿐 아니라 강단
에도 좀처럼 서지 않는다. 자기 연습시간을 빼앗기고 싶지

다니엘 샤프란의 연주 모습

않다는 게 이유다. 이름있는 연주가 중에 그런 사람이 더러 있긴 하지만, 샤프란은 극도로 남 앞에 나서기를 꺼려했던 것 같다.

내가 1996년 러시아에 갔을 때 로스트로포비치는 텔레비전 화면에 여러 차례 나와서 오케스트라를 지휘하기도 하고 청소년 상대 음악프로를 몸소 진행하기도 하는 걸 보았다. 그는 연중 대부분을 해외 체류하지만 러시아 어느 정치가보다 이름이 많이 알려져 있었다. 러시아인들도 음악에 조금만 관심이 있는 사람은 샤프란의 이름을 물론 알았다. 그러나 그가 지금 어디서 무엇을 하고 있는지 아는 사람은 거의 없었고, 최근 그를 보았다는 사람도 없었다.

그런 샤프란이 1996년 5월 서울에 와서 두 번 공연을 가졌다. 처음 공연 예고가 나왔을 때 나는 믿어지지 않았다. 그러나 5월 19일 예술의 전당 무대에 그는 분명히 나타났다. 결과적으로 그 연주회는 샤프란에게 처음이자 마지막 서울 나들이가 되었다. 그는 서울 무대에서 브람스의 〈네 개의 엄숙한 노래〉와 〈첼로 소나타 D장조〉, 브리튼의 〈첼로 소나타 C장조〉와 쉬니트케의 〈고전양식 모음곡〉을 들려줬다. 연주회 뒤 내가 어느 지면에 썼던 소감을 일부 인용해 본다.

"그의 선곡을 보면 그는 구도자답게 서울 무대에 은밀하고 조용하게 나타나기를 원했던 것 같다. 앞의 두 작품 모두 브람스 말년의 걸작으로 인생의 환희와 고뇌를 명상적으로 풀어나간 작품들이다. 세번째 브리튼의 작품 역시 크게 봐서 앞의 작품과 주제나 분위기가 비슷한 작품이다. 죽음과 방황

을 소재 삼은 〈네 개의 노래〉에서 샤프란은 조용히 속삭이듯 여리고 낮은 소리로 애달픔과 탄식의 사연을 차분하게 들려주었다. 그는 언어를 연주하는 음유시인처럼 보였다.

서울 무대에서 그는 최고 거장의 기교와 정신의 한 높이를 보여준 것이 사실이지만 솔직히 말하면 조금 아쉬웠다. 그가 너무 늦게 서울에 찾아왔다는 생각을 지울 수 없었다. 연주에도 힘이 필요하며, 분방한 정신의 비상에도 역시 일정한 힘이 필요하다. 나로 하여금 그의 이름을 알게 해준 '멜로디아' 판의 그 빛나는 베토벤 연주를 기억하는 나는 빛이 바랜 것 같은 그의 서울 연주에 만족할 수 없었다. 그래서 두번째 그의 서울 무대를 기대했었다. 그런데 그것은 이제 불가능한 꿈의 영역으로 넘어가버렸다.

샤프란은 독특한 연주기법의 소유자이며 당대 최고의 테크니션으로 평가받던 인물이다. 독특한 만큼 대중적 이해도는 낮았다. 그는 대중의 스타가 아니고 자신도 그것을 원하지 않았다. 그는 첼로 음악의 구도자였던 것이다. 그의 명복을 빈다.

사라져가는 것들에 대한 찬미가

지상에는 불멸하는 것은 존재하지 않는다. 시간과 함께 모든 것은 소멸하고 고별의 때를 맞이한다. 사라지는 것, 혹은 고별의 대상에 대한 아쉬움과 아픔은 시와 음악에서 보편적 주제로 쓰여져 왔다. 이 주제만큼 많은 예술가들의 감성에 자극을 준 것도 없을 것이다. 그런데 아무리 호소력이 강한 언어로 쓰여진 시도 음악만큼 절실하고 세밀하게 그 아픔을 전해주지는 못한다. 음악은 영혼의 언어라고 말하는 게 허용된다면 음악의 호소력은 그만큼 은밀하고 강할 수밖에 없다. 음악은 물처럼 혹은 공기처럼 감정의 피부에 잘 스며든다.

음악의 특성 가운데는 대체로 많은 음악들이 주제의 제약으로부터 매우 자유롭다는 점이 있다. 특별히 이별의 주제와는 관련이 없는 음악들도 때로는 이별의 상황을 훌륭하게 환기시켜준다. 가령 드뷔시의 〈바다〉나 스카를라티의 〈피아노 소나타〉 중 아무것이나 들어보자. 이별의 주제와는 너무 거리가 먼 이 음악들이 바다의 추억과 누구나 간직하고 있을 '아름다운 한 시절'에 대한 그리움을 아주 생생하게 환기시켜줄 것이다. 이별을 노래한 많은 가곡들에서 나타나듯이 추억이나 그리움은 긴 이별의 한 과정이다. 음악이 이처럼 다면성을 지니는 것은 어느 경우에나 음악은 감성의 정수와 맞닿아 있기 때문이다.

그러나 특별히 이별에 바쳐진 음악들이 있다. 쇼팽의 연습곡에 나오는 '이별곡'이나 베토벤 피아노 소나타 26번 '고별', 멘델스존의 〈무언가〉 중 Op.67-5 '이별의 노래' 등이 쉽게 떠오른다. 특히 쇼팽의 '이별곡'은 그 멜로디를 모르는 사람이 없을 정도로 널리 알려져 있다. 이 곡은 그 대중성으로 영화의 모태음악으로도 사용된 바 있다. 베토벤 피아노 소나타 '고별'은 다소 예외지만 '이별곡'이나 '이별의 노래' 등은 불과 몇 분에 그치는 짧은 소품으로, 특별한 사연을 담지 않고 이별이라는 언어가 주는 일반적인 감성을 소박하고 간결하게 표현하고 있다는 특징이 있다. 비록 소품이지만 이 음악들이 대중에게 널리 알려지고 어느 대곡 못지않게 큰 호소력을 갖는 것은 이 음악들이 보편적인 감성의 표출로 그만큼 친밀감을 주기 때문일 것이다.

여기에 비하면 시를 바탕으로 씌어진 가곡들은 좀더 구체적인 상황을 그려내고 있다. 유명한 〈겨울 나그네〉의 첫 장면에서 실연을 안겨준 처녀에게 작별을 고하는 노래인 '안녕히'나 베토벤 가곡집 〈아득히 먼 여인에게〉의 끝곡인 '여느 때의 노래로 이별을', 좀 덜 대중적인 것이지만 볼프의 〈뫼리케 가곡집〉 중 끝곡인 '작별' 등이 그런 노래들이다. 그런데 구체적 상황을 보여준다고 해서 이런 노래들이 기악곡보다 반드시 더 절실하게 다가오는 것은 아닌 것 같다. 왜냐하면 특별한 사연을 지녔거나 가사에 의해 구속되고 있는 대부분의 가곡들은 꾸며진 극중의 현실처럼 두꺼운 언어의 막으로 포장되어 있기 때문이다. 예외가 있겠지만 우리는 그 노래에서 이별을 감상할 수는 있어도 이별을 느끼지 못하는 경우도 많다.

쇼팽의 〈피아노 협주곡 1번〉은 이별을 주제로 내세우고 있는 음악은 아니다. 〈피아노 협주곡 2번〉 역시 특별한 표제를 내걸고 있지는 않다. 그러나 이 두 개의 아름다운 협주곡을 들을 때면 누구나 아리따운 콘스탄차 글라드코브스키라는 처녀를 떠올릴 것이다. 특히 1번에는 아름다운 연인을 향해 막 피어난 사랑의 풋풋한 감정을 억제하고 조국 폴란드에서마저 떠나야 하는 스무 살 청년의 애끊는 감정이 때로는 폭포수로, 때로는 잔잔한 물결로 아로새겨져 있다. 이 음악을 듣고 있노라면 20세에 불과한 한 시골뜨기 청년이 어떻게 이처럼 신선한 악상과 기교적으로 뛰어난 작품을 작곡해 낼 수 있었는지 의문마저 갖게 된다.

이 의문은 콘스탄차의 등장으로 풀리게 된다. 콘스탄차의 눈부신 아름다움, 그녀에 대한 쇼팽의 뜨거운 열정, 그리고 가슴 아픈 이별의 시간이 스무 살 풋내기 청년에게 이처럼 신선한 악상과 놀라운 기교를 발휘할 힘을 선사한 것이다.

이 음악은 연인과의 이별, 그리고 사랑이 배태된 조국과의 이별의 아픔을 어떤 음악보다 생생하게 전해준다. 그것은 이 음악이 조그만 사연에 구애받지 않고 그것을 뛰어넘어 가장 창조적이고 아름다운 음악어법에 충실했기 때문일 것이다.

이별과 추모의 감정을 높은 음악의 경지로 승화시킨 작품 중에는 차이코프스키의 〈피아노 3중주곡〉이 있다. 이 작품에는 '한 위대한 예술가를 회상하며' 라는 표제가 붙어 있다. 그 대상이 작곡가의 동료이자 뛰어난 피아니스트였던 니콜라이 루빈스타인(1835~1881)이란 것은 잘 알려진 사실이다. 모스크바 음악원 앞에는 이 음악원의 설립자이기도 했던 이 인물의 흉상이 지금도 자리를 지키고 있다. 한때 두 사람은 〈피아노 협주곡 1번〉의 평가문제로 갈등도 겪었다. 그런 우여곡절이 있었음에도 불구하고 두 사람이 아주 이상적인 예술의 동반자였다는 것을 이 음악은 선명하게 보여준다. 이 음악은 고매한 인품에 대한 그리움을 매우 격조높은 선율로, 때로는 다정한 친구와의 이별의 아쉬움을 격정적인 선율로 그려내고 있다. 친구나 동료의 이상적인 관계가 어떤 것인가를 이 작품을 들으면 엄숙하고 진지하게 생각하게 된다.

이별의 가장 큰 주제는 아무래도 지상적 삶과의 작별일 것이다. 이것은 다분히 종교적이며 철학적 명제이기도 하다. 그만큼 사변적이고 엄숙해서 좀처럼 친근감을 주지 않는다. 말러의 〈대지의 노래〉나 브루크너의 〈교향곡 9번〉이 그런 음악에 속한다. 말러는 『중국의 피리』라는 고전 시집에서 동양적 체관을 배워서 이 작품을 썼다고 했는데, 막상 이 작품의 선율에서는 동양적 달관의 냄새보다는 열렬한 낭만주의자 말러의 현세에 대한 원망과 집착이 거의 절규에 가깝게 드러나고 있다. 역설적으로 이 작품에서 현세적 삶의 기쁨과 두려움을 느끼게 되는 것이다.

여기에 비하면 브루크너의 〈교향곡 9번〉 3악장 아다지오는 보다 평안하고 쓸쓸하며 정돈된 분위기를 전해준다. 아련하고 장려한 마지막 선율은 긴 휴식을 예고하는 듯하다. 이 악장은 삶과 죽음의 화해의 악장이며, 이것은 작곡가의 깊은 신앙과 자연의 찬미자다운 심성에서 비롯되었을 것이다. 그러나 고별이란 어느 경우에는 슬픔과 고통을 준다. 그 고통과 슬픔을 가장 격조높고 아름다운 음악으로 승화시켜 우리에게 큰 위안을 주는 데서 우리는 음악의 힘을 느끼는 것이다.

슬플 때는 음악이 좋다

1959년 내가 대학에 입학해서 신입생 환영회가 있던 날이었다. 환영회는 명동의 음악감상실 '돌체'에서 열렸는데 그곳을 택한 이유는 주임교수가 하이든 애호가였기 때문이다. 교수는 연단에 올라가서 하이든의 음악에 관해 해설을 해주고 직접 들려주기도 했다. 교수의 해설이 끝난 뒤 또다른 피아노곡이 들렸는데 몹시 슬프고 애절한 곡이었다. 그때 옆자리의 더벅머리 신입생이 내게 물었다.

"실례지만 저 곡 이름이 뭡니까?"

그 더벅머리 신입생은 눈자위에 눈물이 홍건히 고여 있었다. 울고 있는 것 같았다. 나 역시 마음이 몹시 슬펐지만 눈물을 흘리지는 않았다. 그런데 하필이면 그 곡 이름을 내게 물어올 게 뭔가. 나 역시 그 곡명을 몰랐던 것이다. 나는 모르겠다고 퉁명스럽게 말했다. 그러자 얼굴이 화끈 달아오름을 느꼈다.

다음에 알았지만 그 곡은 슈만의 〈트로이메라이〉였다. 중학교 음악책에도 흔히 나올 정도로 잘 알려진 곡이었던 것이다. 그러나 그 더벅머리 친구와 마찬가지로 나 역시 열아홉

이 되던 그때까지 음악의 혜택을 받지 못하고 자란 촌뜨기였
으니 어쩔 수 없는 일이었다. 그 다감한 친구는 자기는 강원
도 산골 출신이고 그때 자기는 우여곡절 끝에 간신히 대학에
들어올 수 있었다는 사실이 너무 감격스러워 울었다고 뒷날
내게 고백했다. 그 장소에서 내 심정도 마찬가지였다. 누군
가로부터 들은 말이 떠오른다.

"음악은 슬플 때 가장 좋습니다. 슬플 때 듣는 음악, 혹은
슬픔을 안겨주는 음악이 제일 감동이 커요."

음악애호가인 삼십대 어느 기업가의 말인데 나 역시 동감하
는 말이다. 이 말을 인용하는 것은 음악은 지식으로 듣는 것
이 아님을 강조하기 위해서다.

"고전음악은 까다로워요. 많이 알아야 듣고 이해할 수 있는
것 아닌가요?"

이런 말을 자주 듣는다. 소설이나 그림보다 지식의 도움 없
이도 가장 쉽게 가까워질 수 있는 것이 음악이다. 아무리 장
엄한 교향곡이라도 음악을 들을 마음의 준비만 갖춰졌다면
그것을 즐기고 이해할 수 있는 것이다. 물론 이해의 폭과 깊
이는 사람에 따라 다를 수밖에 없다. 〈트로이메라이〉라는 곡
명을 몰라도 울 수 있지 않은가. 슬픈 음악이, 혹은 슬플 때
듣는 음악이 더욱 감동적이라는 말엔 얼마간 설명이 필요하
다. 사실은 모든 음악이 슬프기도 하고 기쁨을 안겨주기도
한다. 이것이 음악의 오묘함 가운데 하나이다. 마르티니의
〈사랑의 기쁨〉은 사실은 아주 슬픈 음악이다. 반대로 크라이
슬러의 〈사랑의 슬픔〉은 적어도 듣기에는 아주 즐거운 음악

이다. 음악으로 순화된 슬픔은 기쁨일 수도 있고 우리의 기쁨도 음악으로 노래 불러질 때 슬픔이 될 수도 있다.

어느 날 밤늦게 귀가해서 슈만의 〈어린이의 정경〉을 들으며 나는 눈물을 하염없이 흘렸다. 어린날 가족들과 정답게 살았던 기쁜 추억들이 눈앞에 그림처럼 되살아났다. 나는 두어 시간이나 그 음악만 들었다. 그러자 슬픔이 차츰 정화되고 기쁘고 밝은 마음으로 바뀌었다. 〈어린이의 정경〉은 슬픈 음악은 아니다. 다만 그것을 슬프게 들을 때 그 음악은 더할 나위없이 슬픈 음악이 되는 것이다. 반대의 경우도 상상할 수가 있다. 그리고 가령 어떤 음악이 슬프게 들리더라도 결국은 그 슬픔을 정화시켜 주는 것이다. 그래서 음악은 슬프기도 하고 기쁘기도 하다는 말이 성립되는 것이다.

첼로의 미학 : 가슴을 울리는 투박한 저음

첼로라는 악기를 떠올릴 때마다 나는 카잘스의 평전에 나오는 그 구절이 생각나곤 한다.

"밴드렐에서 피아노 3중주단의 연주가 있었다. 첼리스트는 바르셀로나 시립음악원 선생님인 호세 가르시아. 넓은 이마에 팔자 수염을 기른 잘 생긴 그는 그가 연주하는 악기와 어딘지 잘 어울려 보였다. 나는 그때까지 첼로를 본 적이 없었는데 그것을 처음 보는 순간 거기에 반해버렸다. 장중한 첫 소리를 듣는 순간 나는 압도되었다. 그 소리는 너무 부드럽고 아름다웠으며 마치 사람의 음성과 같았다. (중략) 지금부터 80년도 더 오래전인 그때 나는 벌써 이 악기와 결혼했던 것이다."

나는 이 구절을 무척 좋아한다. 왜냐하면 나 역시 첼로를 좋아하고 카잘스의 연주 또한 좋아하기 때문이다. 첼로에 대한 최초의 호감을 이보다 더 선명하게 극적으로 묘사한 글은 아직 구경하지 못했다. 이 글을 보면 카잘스는 첼로의 소리뿐 아니라 그 생긴 모양에도 처음부터 호감을 갖게 되었음을 알 수 있다.

내가 첼로의 매력에 눈을 뜬 것은 카잘스의 경우와는 사뭇 다르다. 나는 이미 서른이 가까운 나이에 그것을 알았으며, 그나마 연주회를 통해 첼로를 만난 것이 아니고 음반을 통해 알게 된 것이다. 그때 들은 음악이 바흐의 〈무반주 첼로 모음곡〉이었다. 이 음악 역시 그때 처음 들었던 것인데 첼로라는 악기의 위용과 매력을 직감적으로 느낄 수 있었던 것은 아마 이 음악이 지닌 특성에서 도움을 받은 바 컸을 것이다. 이 음악이 현대에 와서도 첼로의 품격과 인기를 높여주는 데 크게 기여하고 있다는 것은 잘 알려진 사실이다. 이 음악을 들으며 나는 한없는 심연까지 혼을 이끌고 내려가는 투박한 첼로

저음에 전율했고 사람의 노래처럼 가슴에 와서 닿는 이 악기의 진실한 호소력에 감탄하지 않을 수 없었다.

그러나 바흐의 〈무반주 첼로 모음곡〉에서 보여주는 첼로의 이같은 미덕은 이 악기가 지닌 특성의 한 단면에 불과하다. 베토벤의 모차르트 〈마적〉을 주제로 삼은 7개의 변주곡을 들어보면 첼로만큼 명쾌하고 과감한 음성으로 속삭여주는 악기가 따로 없다는 느낌을 갖게 된다. 이 음악에서 첼로는 피아노와 짝을 이루어 부드럽고 따뜻한 화음의 극치를 보여준다. 대곡이 아니라서 그다지 많이 알려진 음악이 아니지만 이 음악만큼 사람을 행복하게 만들어주는 음악도 드물다. 그 근원이 첼로의 부드러움과 섬세함에서 오는 것이라고 나는 믿고 있다. 피아노와 첼로의 화음은 너무나 조화로운 것이어서 결코 짧지 않은 연주시간이 마치 즐거웠던 봄날의 한순간처럼 어느새 스쳐 지나가버려 이 음악을 들을 때마다 늘 아쉬움이 남는다. 이 음악에서 첼로는 넓고도 너그러운 마음으로 피아노를 감싸 안으며 그 자신은 얼마든지 더 크게 더 깊게 더 뜨겁게 포효할 수도 있으나 그 모든 감정의 해일을 알맞은 선에서 절제할 줄 아는 능란한 바리톤 가수처럼 노래한다.

그런가 하면 다니엘 샤프란이 들려주는 〈악흥의 한때〉는 또 얼마나 경쾌하고 흥겨운가. 호로비츠의 피아노로 듣는 이 음악과 샤프란의 이 연주는 좋은 대조가 된다. 피아노는 수정 같은 물방울의 무늬를 하얀 백지 위에 그려가고 있고, 첼로는 오묘한 곡선으로 물결치는 파도를 보는 것 같다. 물론 둘 모두 보기드문 절경이다.

　나는 전에 바흐의 〈아다지오〉를 첼로로 연주하는 걸 듣고 한없는 슬픔에 젖은 때가 있었다. 첼로는 흐느끼지 않고 울음을 삼키며 노래하는데 그 소리가 더욱 큰 슬픔을 자아냈다. 첼로는 정말 여러 개의 얼굴을 지닌 악기이다.

　그런데 모차르트는 왜 첼로 음악을 한 곡도 남기지 않았을까? 그리고 베토벤은 또 왜 그 흔한 협주곡 한 곡 만들어내지 않았을까? 오늘날 통용되는 첼로의 주법이 18세기 중엽에야 확립된 걸 보면 그 원인을 얼마간 이해할 수도 있지만 이것은 첼로를 위해 너무 안타까운 일이 아닐 수 없다. 만약 이 두 사람이 첼로곡을 몇 곡만 써냈더라도 대중들은 이 다감하고 기품있는 악기에 더욱 친근감을 갖게 되었을 것이고, 첼로의 역사는 지금보다 훨씬 화려했을 게 아닌가.

JOHANN SEBASTIAN BACH
(1685~1750)

요한 제바스티안 바흐

위대한 예술가 바흐를 회상하며

"바흐의 음악은 시적이고 회화적이다"
-슈바이처-

● **프랑스 조곡**

　음악학교 오디션에서 청음 테스트라는 것이 있다. 피아노로
여러 가지 중음(복합음)을 치고 음정을 말하라고 한다. 〈프랑
스 조곡〉을 내가 여러 사람에게 권하고 그 반응을 묻는 것은,
그 사람의 귀가 음악을 향해 얼마나 열려 있는가를 시험하는
뜻에서 음악학교 청음 테스트와 유사한 것이다.

　지금까지 경험한 바에 의하면 내 방식의 이 청음 테스트에
서 나를 만족시킨 사람은 거의 없었다. 왜 그럴까? 만약 내가
비발디의 〈사계〉나 차이코프스키의 유명한 교향곡 〈비창〉을
권했다면 결과는 틀림없이 반대로 나타났을 것이다. 그 해답
은 쉬운 듯하면서도 사실은 간단하지 않다. 우선 〈사계〉나
〈비창〉의 대중적 인지도를 한 이유로 들 수 있다. 이 인지도
야말로 이 음악들의 대중적 친화감을 말해주는 것인데, 주제
의 선명성과 선율의 색채가 뚜렷하고 흐름이 노래처럼 자연
스럽다는 것이 이들 음악의 공통점이다. 사람들이 어떤 그림
이건 음악이건 혹은 한 편의 문학작품이건 주제가 선명한 것

을 선호하는 것은 오랜 관습이며 쉽게 이해가 간다. 주제가
모호하거나 그것을 너무 깊은 곳에 감추고 있거나 혹은 그것
이 너무 포괄적인 것은 대중 앞에서는 금기사항이다.

〈프랑스 조곡〉은 어떤가? 이 음악은 외형상 듣기 까다롭거
나 구조가 복잡한 음악은 결코 아니다. 도리어 너무나 단순
하고 간결한 음악이어서 어린이가 듣더라도 쉽게 받아들일
수 있는 음악이라고 생각한다. 문제는 이 음악의 주제와 반
음과 안어울림음이 반복 등장하는 바흐 특유의 화음기법에
있다. 베토벤은 바흐를 '화음의 아버지'라고 말했을 정도로
당시에는 바흐의 이런 기법이 새로운 것이었다.

그런데 적지않은 사람들이 바흐의 이 특징에 여전히 낯설음
을 느끼는 것 같다. 이 특징이야말로 바흐의 음악을 비할 데
없이 아름답고 격조높은 음악으로 만드는 가장 중요한 요소
임에도 불구하고. 그러므로 어떤 이에게는 그것이 음악의 눈
부신 한 절정으로 들리는데, 어떤 이에게는 다만 낯설고 무
미건조한 소음으로 들리는 현상이 발생하는 것이다. 실제로
바흐 부활의 공로자인 멘델스존이 라이프치히의 시립교회에
서 〈d단조 토카타-BWV565〉를 오르간으로 연주했을 때, 그
곳 감독목사가 그런 소음은 듣고 싶지 않다고 연주를 중단시
켰다는 일화도 있다.

바흐의 주제는 교회음악을 제외하면 대체로 추상적이고 포
괄적이다. 그것은 한 손에 잡히지 않는다. 〈프랑스 조곡〉은
물론, 〈평균율 클라비어곡집〉이나 〈골드베르크 변주곡〉 등이
모두 일정한 주제로 설명하기 어려운 작품들이다. 내게 구태

여 주제를 말하라면 '음악의 기쁨'이라고 말하고 싶다. 바흐는 〈프랑스 조곡〉을 아내 안나 막달레나를 즐겁게 하기 위해 작곡했다고 하며, 〈골드베르크 변주곡〉은 불면증에 시달리는 어떤 귀족의 잠을 돕기 위해 작곡했다고 하는데, 이것이 모두 사실이라면 '음악의 기쁨'은 그런 일화들과 어울리는 주제가 된다.

그런데 사람들은 왜 선명한 주제들만 선호하고 모호하거나 너무 포괄적인 주제를 금기시하는가? 그것은 관습 때문이다. 그리고 음악을 들리는 그대로 즐기기보다 먼저 따지고 평가하고 남의 주장을 경청한 다음에 일정한 선입관을 가지고 음악을 들으려고 하기 때문이다. 쉽게 구분되고 따져지지 않는 것은 괴물처럼 보인다. 바흐 음악의 위대성은 사람들의 이 오랜 관습, 낮은 평가의 안목을 멀리, 아주 멀리 뛰어넘은 데에 있다.

● 바빌론의 유역에서

바흐의 두번째 아내였던 안나 막달레나의 회상기에서 보면, 바흐는 함부르크에 있는 성 카테리나 교회에서 오르간 연주를 했는데 두 시간의 연주를 끝낸 뒤 에필로그 삼아 〈바빌론의 유역에서〉라는 곡의 선율에 의한 즉흥곡을 잠시 연주했다는 애기가 나온다. 그런데 〈바빌론의 유역에서〉라는 음악이 현재 남아 있는지 확인할 길이 없으며, 이 음악의 작곡자가 누군지도 알 길이 없다. 다만 그 교회에서 그가 자기 작품만을 연주한 걸로 미루어 이 음악 역시 바흐 자신의 작품일 거라는 추측만 할 수 있을 뿐이다.

바흐는 일생 동안 여행을 별로 하지 않았으며 음악가로는 드물게 주로 자기 고장 주변만을 맴돌면서 살았다. 그렇지만 그는 여러 나라의 음악경향을 섭렵하고 연구하는 일을 게을리하지 않았으며, 그런 바탕 위에 자기의 상상력을 가미하여 〈영국 조곡〉이니 〈이탈리아 조곡〉 같은 작품들을 만들어냈다. 바흐가 영국이나 프랑스에 여행했다는 기록은 없다. 이런 사실로 미루어볼 때 그는 바빌론이라는 먼 이국 땅을 가보지 않고 단지 그 역사의 자료와 상상력만으로 〈바빌론의 유역에서〉라는 작품을 만들었으며 교회에서 그런 즉흥곡을 연주했

아우구스트 마케의 '카이로우안'

을 거라고 생각된다.

〈바빌론의 유역에서〉라는 작품은 어떤 작품이며 그때 연주
했던 즉흥곡은 어떤 선율이었을까? 나는 그것이 몹시 궁금하

다. 그러나 즉흥적으로 연주했던 선율은 물론, 그 연주의 근거가 되었던 음악마저 확인할 수가 없으므로 나의 궁금증은 영원히 풀릴 길이 없을 것 같다. 가상이지만 만약 그때의 즉흥연주를 바흐가 악보로 남겼고 그것이 오늘에도 존재한다면 그 음악은 틀림없이 〈바빌론 조곡〉이란 이름으로 남아 있을 것이다. 그리고 〈바빌론 조곡〉은 바흐의 음악 중에서도 가장 이국적이고 독특한 분위기를 지닌 음악으로 평가받았을 것이다. 왜냐하면 바빌론 자체가 범상치 않은 역사와 풍경을 지닌 땅이기 때문이다.

수년 전 나는 우연한 기회를 얻어 바빌론에 간 일이 있었다. 바빌론 성은 바그다드에서 자동차로 한 시간 정도 걸리는 남쪽 지역에 있었다. 걸프전쟁 이전에는 서구의 관광객들이 무척 많이 몰려왔다고 하는데 내가 갔을때는 그야말로 사람 그림자도 구경하기 어려울 만큼 일대가 적막에 휩싸여 있었다. 바빌론 성은 전쟁으로 수차례 무너지고 다시 지어졌다. 기원전 6세기 경 네브카드네자르 왕에 의해 건축된 왕국은 폐허가 된 지 오래이고, 지금은 그 자리에 현재의 지배자가 옛 건물을 본따 지은 새 건물이 들어서 있었다. 네부카드네자르가 지은 건물의 폐허는 사진으로 볼 수 있었다. 새 건물은 웅장하고 짜임새가 있어서 그런 대로 역사의 정취를 느낄 수가 있었으나 폐허를 그곳에 그대로 남겨두는 것도 보는 사람에게 더욱 실감을 줄 수 있지 않았을까 생각되기도 했다.

바빌론과 바벨탑의 이야기는 어렸을 때부터 자주 들었었다.

바벨탑은 바빌론 성에서 불과 일킬로 거리 이내에 있다. 그곳도 물론 지금은 폐허로 남아 있을 뿐이다. 신의 영역에 도달하기 위한 인간의 육체적 노력의 상징인 바벨탑, 그리고 현세적 권력의 영광과 몰락이 수없이 되풀이되었던 정복자의 땅 바빌론, 이미 역사의 뒷길로 사라진 지 오랜 폐허에 지나지 않지만 이 두 유적에는 인간의 가장 큰 두 가지 욕망의 허망을 상징하는 의미가 있다. 그래서 바빌론이란 이름은 조금은 슬프고 조금은 신비스럽게 들린다.

바흐의 음악에서 역사의 흥망을 담는다던가 이국적 정취를 특별히 살려내는 그런 사례는 전혀 없다. 그래서 바흐가 바빌론을 주제로 어떤 음악을 작곡하고 연주했는지 더욱 궁금한 것이다.

● 샤콘느

바이올린이란 악기는 정말 작은 악기이다. 이 악기가 유난히 작다는 느낌을 주는 것은 아마 그 소리가 상대적으로 크게 울리기 때문일 것이다. 요즘에는 첼로나 콘트라베이스 같은 악기가 각광을 받고 전면에 등장하는 기회가 많아진 탓인지 바이올린의 왜소한 형태가 더욱 두드러져 보인다. 키가 큰 남자 어른, 이를테면 기돈 크레머 같은 연주자가 장난감 같은 바이올린을 들고 무대로 나서는 장면을 보면 피아노나 첼로의 무대에 비해 적어도 외형상 엄숙감이 떨어지는 것도 사실이다. 그럼에도 불구하고 바이올린은 여전히 모든 악기들 중의 왕자(?)의 자리를 아직 다른 악기에게 양보하지 않은 채 지켜오고 있다.

이 작은 악기가 스스로 그 위용을 가장 드높게 뽐내는 순간은 언제일까? 베토벤의 〈크로이처 소나타〉를 연주하는 순간일까? 혹은 브람스의 〈바이올린 소나타 제3번〉을 연주하는 순간일까? 볼프강 슈나이더한이 연주하는 〈크로이처 소나타〉를 들었을 때 나는 꺾일 줄 모르고 높이높이 비상하는 그 선율에 온몸이 전율하는 것을 느꼈다. 브람스의 〈바이올린 소나타 제3번〉은 깊은 고독과 명상의 숲속으로 우리를 끌고 들어간다. 이런 때 바이올린은 마치 마술사의 소도구처럼 그 형태와는 어울리지 않는 괴력을 발휘하는 것이다.

그렇긴 하지만 이 작은 악기가 가장 위대하게 보이는 순간을 오직 하나만 들라면 아마도 제바스티안 바흐의 〈무반주바이올린 파르티타 제2번〉을, 그 중에서도 5악장 샤콘느(chaconne)를 손꼽을 사람이 적지 않을 것이다. 다섯 개의 무곡으로 채워진 〈파르티타 제2번〉은 약 30분에 걸쳐 연주되는 짧지 않은 곡인데, 5악장 샤콘느는 유독 반이 넘는 16분의 시간을 홀로 차지하고 있다. 그리고 이 5악장은 〈파르티타 제2번〉을 사실상 대표할 뿐만 아니라 6곡으로 된 바흐의 〈바이올린을 위한 소나타와 파르티타〉 전체를 대표하는 얼굴

바흐가 성가대 지휘자로 재직했던 라이프치히의 성 토마스 성당

인 셈이다.

이 5악장에는 바이올린이 보여줄 수 있는 모든 기교와 가능성이 포함되어 있고, 바이올린이란 악기를 가지고 도달할 수 있는 가장 높은 세계를 그것은 열어 보여준다. 그 세계의 정체는 바흐의 다른 작품들이 그렇듯이 한마디로 규정하거나 단정지을 수 없는 다면적인 것이다. 다만 우리가 신앙의 대상을 놓고 사람에 따라 해석과 반응이 분분하듯이 각자가 16분의 체험을 통해 그것을 어떻게 음미하고 받아들이느냐에 따라 이 음악의 얼굴이 그려질 수 있을 뿐이다.

'샤콘느'는 4분의 3박자의 느린 기악곡을 일컫는 말로 일정한 화성 패턴의 반복으로 변주곡을 이끌어가는 것이 특징이다. 본래 남미의 춤곡에서 유래된 것이나 스페인을 거쳐 17~18세기 경 프랑스와 독일에서 유행하게 되었다. 화성의 대가인 바흐는 오르간 곡으로 샤콘느와 유사한 형식의 〈파사칼리아〉를 작곡하기도 했으나 샤콘느를 채택한 것은 이 〈파르티타 2번〉이 유일하다. 바흐가 이 곡에서 오르간의 기법을 차용한 것도 특기할 점이다. 그는 오르간 기법을 바이올린곡에 차입함으로써 바이올린의 표현 영역을 그만큼 넓혀 놓은 것이다. 이 곡을 연구하고 연주하는데 개척자적 역할을 했던 요제프 시게티(1892~1973)는 5악장의 D장조 악절에서 바흐가 사용하고 있는 오르간 기법을 '기악적 창의력의 비범한 사례'라고 극찬하기도 했다.

나는 이 샤콘느를 처음 들었을 때 매우 당황스럽고 어리둥절했었다. 그것은 음악을 들었다기보다 화창한 날씨 속에서 길을 걷다가 갑작스럽게 폭풍우를 만난 것과 같은 황당스런 (?) 기분이었다. 보통 우리는 음악을 들은 뒤에 아름답다던가 황홀하다던가 혹은 비통한 감정을 위로받았다는 느낌을 선물로 받는다. 경우에 따라 기쁨과 슬픔이 더욱 커질 때도 있다. 그런데 16분 동안 5악장을 경험한 뒤에는 그런 세속적이고 보편적인 감정을 느끼는 대신 멀고 긴 삶의 한 회로를 방금 땀을 흘리며 거쳐온 것 같은 복잡한 사념 속에 잠기게 되는 것이다. 한바탕 폭풍우가 지나간 뒤에 해가 비치고 눈 앞에는 다시 제 모습으로 복원된 푸른 정원이 펼쳐져 있는 풍경을 본다.

샤콘느는 그 구조가 결코 단순한 것은 아니지만 그것 자체가 복잡한 드라마를 담고 있는 하나의 삶의 회랑이다. 그러나 이런 표현도 적절하다고 말할 수는 없다. 나는 브람스가 클라라 슈만에게 보낸 편지에서 이 음악에 대해 쓴 구절들이 한결 적절하게 이 음악을 드러내주고 있다고 생각한다.

"샤콘느는 내게 가장 경이적이며 가장 신비스러운 작품의 하나입니다. 그 작은 악기를 위해 바흐는 그토록 심오한 사상과 힘찬 감정의 세계를 모조리 표현한 것입니다. 만약 어쩌다가 내 자신이 영감을 얻어 이 작품을 썼다면 나는 아마 너무 흥분하고 감동한 나머지 틀림없이 미쳐버렸을 것입니다. 일급 바이올리니스트가 곁에서 연주를 들려줄 수 없다면 마음 속에서 이것을 울리게만 해봐도 더 할 수 없이 황홀한 음악이 샘솟을 것입니다."

음악은 손님이다

음악은 손님이며 음악은 만남이다. 어느 날 갑자기 행복하게도 진귀한 음악이 나를 찾아온다. 그것은 우연이 아니다. 이쪽에서 열망하여 음악을 기다리고 있을 때 음악이 제 발로 찾아오는 것이다. 물론 이쪽에서 부지런히 찾아 나서는 경우가 더 많기는 하다. 사실은 찾아 나서거나 기다리기나 마찬가지일 것이다.

음악과의 만남을 예로 들자면 이렇다. 가령 어느 주부가 시장 바구니를 들고 백화점의 슈퍼마켓에 나갔다가 5층 레코드 가게에 잠시 들러 테이프 하나를 구입했다고 하자. 이 주부는 테이프에 담긴 곡을 아직 듣지 못했고 연주자도 처음 대하는 사람이다. 따라서 테이프가 어떤 음악을 들려줄지 그리고 연주자가 어떤 연주를 하게 될지 전혀 모른다. 주부는 그러나 어떤 기대를 안고 그 테이프를 선택했다. 집에 돌아온 주부는 저녁 상을 치운 뒤 가족들과 함께 거실에 앉아 텔레비전을 보는 대신 테이프를 들어 보기로 한다. 텔레비전이야 늘 보는 것이니까 하루쯤 안 보기로 무슨 탈이 나지 않을 것이다.

막상 음악이 들리기 시작했을 때 그들은 뜻밖에도 상쾌한 감동에 젖어들게 된다. 그 음악을 들으면서 주부는 오랫동안 자신이 정말 삶의 진정한 기쁨을 잊고 살아왔음을 새삼 깨닫게 된다. 왜 이제야 음악을 들어볼 생각을 했는지 후회스럽기까지 하다. 이 주부가 그날 선택한 테이프는 가령 글렌 굴드가 연주한 바흐의 피아노곡 〈프랑스 조곡〉일 수도 있고, 클라라 하스킬이 연주한 모차르트의 〈피아노 협주곡〉일 수도 있다. 모차르트 〈피아노 협주곡〉은 프리드리히 굴다가 연주한 것도 명품이며, 이런 테이프나 음반들은 특별히 찾아 헤매지 않더라도 백화점 코너에서 쉽게 구할 수가 있다.

상쾌한 감동을 주는 음악은 물론 그 밖에도 헤아릴 수 없이 많다. 바흐 한 사람의 작품도 그 가짓수가 너무 많아서 우리가 그의 음악을 모두 듣는다는 것은 용이한 일이 아니다. 새로운 음악, 지금까지 한 차례도 만나지 못했던 아름다운 음악과 처음 만났을 때 우리가 느끼는 희열은 말로 다 표현할 수 없는 것이다. 그 주부는 말하자면 투자 이윤이 가장 많은 효과적인 투자를 한 셈이다. 좋은 음악과 만나는 것은 하나의 축복이 아닐 수 없다.

러시아의 첼리스트 다니엘 샤프란을 처음 알게 되었을 때 나는 이 사람과 나를 만나게 해준 신에게 감사를 드렸다. 다니엘 샤프란 역시 보석 중의 보석이며 가장 빛나는 음악을 들려주는 알려지지 않은 대가 중의 한 사람이다. 이런 사람의 음악을 모르고 지낸다는 것은 억울한 일이 아닐 수 없다.

어느 날 아는 사람이 두 장의 음반을 들고 내게 찾아왔다. 돈도 귀하고 날씨도 무더워서 무척 짜증이 나는 날이었다. 베토벤 첼로 소나타가 담긴 이 음반에 나는 처음 별로 관심이 없었다. 같은 곡의 음반을 서너 종류나 가지고 있었기 때문이다. 게다가 고물인데 값이 갑절이나 되었다. 그 소나타는 여러 사람의 연주로 수없이 들었고 어느 정도 물린 상태였다. 특히 1, 2번은 재미가 덜하고 가장 자주 연주되는 3번은 너무 흔해서 흥미가 반감되었다. 어찌된 셈인지 첼로와 피아노가 만나면 으레 3번을 감초격으로 연주했었다. 그러나 찾아온 사람의 체면을 봐서 마지못해 음반을 구입했다.

그 사람이 가고 나자 손해봤다는 생각에 기분이 언짢았다. 그런 기분으로 첫장을 듣기 시작했다. 소나타 1번이었다. 나는 그때까지 1번에 한번도 흥미를 느끼지 못했었다. 그런데 미적지근하고 지루하게 이어지는 도입부에서부터 갑자기 활력이 솟아났다. 첼로의 활이 마치 파도를 일으키는 것 같았다. 지루하다고 느껴지던 곡이 숨쉴 틈도 주지 않는 긴장의 연속으로 돌변했다. 연주가의 중요성을 새삼 깨닫는 순간이었다. 샤프란이 대단한 연주가란 걸 금방 알 수 있었다. 가장 베토벤다운 연주, 베토벤이 이 곡을 썼을 때 바로 이처럼 긴장이 넘치고 약동하는 음악을 생각하지 않았을까. 물론 이건 나의 즉흥적인 생각에 지나지 않을지 모른다. 다른 사람의 연주로, 이를테면 로스트로포비치나 장드롱의 연주로 1번을 들어보면 전혀 다른 음악이 나온다. 사람마다 기호가 다르겠지만 지루하고 맥빠진 연주보다 샤프란의 연주가 단연 내 마음을 끌었다.

샤프란은 로스트로포비치와 음악학교 동기생인데 로스트로포비치가 서방세계에 잘 알려진 반면, 샤프란은 서방, 특히 동양 쪽엔 거의 알려지지 않은 연주가이다. 연주가에 따라서 음악이 달라진다는 것은 누구나 알고 있다. 음반을 고를 때는 연주가에 대한 자신의 기호가 당연히 선택의 중요한 기준이 된다. 그날 이후 거들떠보지도 않던 소나타 1번을 여러 차례 들었다. 그와의 만남은 내게 하나의 축복이었다. 기다리는 자에게 내리는 신의 축복이라고나 해야 할 것이다.

"고전음악, 그것 어렵지 않아요?"

이런 말을 하는 사람들도 컴퓨터의 키보드를 척척 두드리거나 무슨 고스톱 같은 화투 게임에는 능수 능란하다. 내가 보기엔 컴퓨터는 물론이고 고스톱 게임이 훨씬 복잡하고 까다로운 것 같다. 가까이 오지 않고 일부러 멀리멀리 달아나면서 그 사람을 까다롭다고 말하면 그건 공평한 처사가 아니다. 더구나 그 사람은 세상에서 가장 값싸고 가장 품질이 좋은 고귀한 보석을 품속에 잔뜩 지니고 있으면서 만인에게 자비롭게 베풀고 있는 성자 같은 인물이 아닌가. 물론 그 사람이란 음악의 여신을 두고 하는 말이다.

책 읽기와 음악 듣기

　지하철 같은 데서 귀에 리시버를 꽂은 채 책을 읽는 하이틴들을 볼 때마다 나는 좀 언짢은 느낌을 받곤 했었다. 신세대들답게 아주 효율적으로 독서와 음악 듣기를 동시병행하는 것인데 내 생각엔 그렇게 하면 독서도 음악감상도 모두 제대로 할 수 없을 것 같았기 때문이다.

　독서를 저런 식으로 하면 되나? 우리 세대들은 책 한 권 읽으려면 법당 같은 조용한 장소를 찾아 좌정하고 앉아 마치 기도하듯 엄숙한 표정과 마음으로 책을 펼쳐 들었던 것이다. 음악감상 역시 사정은 비슷했다. 60~70년대에 서울에 있었던 음악감상실에 들어가 본 사람이라면 거기 모여든 사람들의 엄숙하고 진지한 표정들을 기억하고 있을 것이다. 너무 진지하다 못해 어느 때는 숨이 막힐 것 같은 갑갑증마저 느꼈다.

　그러니까 책을 읽으며 다른 짓을 한다든가 음악을 들으며 활자를 좇는다는 것은 적어도 우리 관습에는 없는 일이었다. 귀에 리시버를 꽂은 채 책을 읽는 젊은이를 보고 내가 딱하게 생각한 것은 내 몸에 배어 있는 오랜 그 관습 탓이다. 요즘 이십대와 우리 세대 사이에는 이 점에서도 관습상 큰 차이가 있다.

"당신은 글을 쓸 때 음악을 듣느냐? 듣는다면 어떤 음악을 주로 듣는가?"

이런 질문을 가끔 받는다. 평소 내가 음악 듣기를 즐기니까 글 쓸 때도 당연히 음악을 들을 걸로 생각하는 모양이다. 이런 질문을 하는 사람은 또 음악이 내가 쓰는 글 내용에도 직간접적으로 많은 영향을 미칠 거라고 생각하기 마련이다.

첫 질문에 대한 대답은 아주 간단하다. 글 쓸 때 나는 음악 감상은 고사하고 벽시계의 초침소리마저 견디지 못한다. 소음에 대한 거부감이 다른 동료들보다 내 경우가 유독 심한 것을 알았다. 내 나름대로 추측하자면 소리에 너무 민감해서 아주 작은 초침에도 신경이 거슬리는 것이다.

나뿐 아니라 우리 작가들은 대체로 일하는 시간에 음악을 멀리하고 있다. 그러나 소음을 남보다 잘 견뎌내는 사람들은 더러 보았다. 가요가 흘러나오는 다방 같은데 앉아서 태연히 글 쓰는 사람도 있고, 거대한 스피커에서 베토벤의 〈운명교향곡〉이 쾅쾅 울려대는 음악다방 복판에 앉아 정신없이 창작에 몰두하는 친구도 보았다. 이런 사람은 신경이 굵거나 아주 대범한 인물이라고 볼 수도 있겠는데, 부정적으로 말한다면 청각신경이 좀 무딘 사람일 것이다.

술을 마신 뒤에 글을 쓸 수도 있다고 생각하는 사람들이 있다. 그래서 오늘밤 써야 할 글이 있다고 해도 한사코 술을 마시라고 권한다. 한마디로 이것은 큰 실례에 해당된다. 술 한 방울을 마신 상태에서도 글 쓰는 건 불가능하기 때문이다.

술을 마시고 글을 쓰면 더 잘 써질 게 아니냐고 말한다. 적절한 비유일지 모르지만 음악을 들으며 글을 쓰면 더 잘 써질 거라는 말과 유사하다. 음악도 좋아하는 음악을 들으면 취한다. 그 음악 자체에 몰두해 버린다는 뜻이다. 그러니까 집중력이 유난히 요구되고 정밀성이 요구되는 글 쓰기 같은 일을 음악을 들으며 한다는 것은 거의 불가능한 일이다.

그러나 다행히도 책을 읽으며 음악을 듣는 것, 독서와 음악 감상을 동시병행하는 것이 경우에 따라서는 아주 유익한 일이 될 수도 있다는 걸 나는 최근에야 알았다. 그래서 요즘 하이틴들이 귀에 리시버를 꽂은 채 책을 읽거나 거리를 활보하

프라고나르의 〈음악레슨〉

고 다니는 것도 얼마쯤 이해하게 되었다.

영화나 드라마에는 반드시 음악이 따른다. 어떤 영화는 시작부터 끝까지 음악이 멈추는 법이 없고 드라마에도 그런 것이 많다. 그리고 음악이 그 작품의 성패를 결정하는 중요 요인이 되기도 한다.

영화 〈의사 지바고〉 같은 작품에서 〈라라의 테마음악〉은 그 작품의 독특한 분위기를 형성하는데 얼마나 중요한 역할을 하고 있으며 그 음악은 또 독자적으로 얼마나 많이 알려져 있는가? 더스틴 호프만이 나오는 〈졸업〉 같은 영화도 거기에 등장하는 몇 개의 테마음악이 없다면 마치 반찬 없는 밥을 먹으라는 것처럼 싱거웠을 것이다.

드라마나 극영화를 볼 때는 이처럼 화면과 함께 음악 듣기가 필수적일 뿐 아니라 관객들도 그런 동시감상에 익숙해 있는데 유독 책을 읽을 때는 음악이 안 된다는 법이 어디 있는가? 신세대는 이런 항변을 할 만도 하다.

만약 딱딱한 이론서적이 아니고 소설이나 시집을 읽을 때라면 이 항변은 한층 설득력을 갖는다. 시는 그 자체가 음악의 한 변형이다. 그러므로 시를 읽으며 음악을 듣는 것은 아주 자연스럽다. 시 낭독회 같은 데서 배경음악을 사용하는 것도 이 때문이다. 이 경우에도 읽혀지는 시와 음악의 분위기가 서로 어울려야 함은 물론이다. 가령 도시 샐러리맨들의 애환을 노래한 시를 읽는데 무조건 아름다운 음악이라고 해서 크라이슬러의 〈사랑의 기쁨〉을 들려준다면 넌센스일 것이다.

소설은 본질적으로 이야기이다. 그런 점에서 영화나 드라마와 다를 바가 없다. 그러니까 소설을 읽으며 음악을 듣는 것은 음악이 있는 영화나 드라마를 보는 것과 큰 차이가 없을 것이다. 아니, 도리어 소설은 음악을 들으며 읽는 것이 한층 묘미를 살리는 것이 되지 않을까?

소설에도 논리가 강하고 다소 관념적이며 골치가 아픈 소설도 있겠지만 소설은 대체로 재미있는 이야기들이다. 가령 관념적이고 논리가 강한 소설도 거기 걸맞는 음악을 찾아내면 읽는 묘미를 배가시킬 수 있을 것이다.

나는 최근 헤세의 『데미안』을 다시 읽고 싶어 찾아 읽어보았다. 『데미안』은 성장소설의 전형이지만 줄거리가 재미있고 아기자기하기보다는 매우 관념적이고 논리도 적지않은 소설이다. 그것을 다시 읽다 보니 신의 존재에 대한 여러 상념들이 길게 나오는 장면이나 주인공의 심리의 변동상태를 복잡하게 그려놓은 대목들이 아주 지루하게 느껴졌다. 지난 시대의 명작들이 대체로 그러하듯 이 작품도 기복이 많은 사건의 재미보다는 사상적 변모와 심리의 흐름이 페이지의 대부분을 차지하고 있었다.

읽다가 지루해서 몇 번이나 책을 놓곤 했다. 그런데 우연히 음악을 들으며 이 책을 읽게 되었다. 앞서도 말했지만 나는 본래 글 쓸 때는 물론 책을 읽을 때도 음악을 듣지 않았기 때문에 일부러 음악 듣기를 시도한 것은 아니었다. 마침 음악에 관한 어떤 글을 써야 할 일이 있는데 시간이 모자라서 『데미안』을 읽으며 음악 듣기를 병행한 것이다.

처음 들은 음악은 최근 재평가작업이 한창인 후기낭만파의 마지막 작곡가인 코른골트의 〈눈사람〉이란 관현악곡이었다. 이 작품은 그가 열한 살 때 작곡한 것으로 코른골트의 여러 음악 중에서도 가장 아름답고 신선한 것이다. 〈눈사람〉을 들으며 책을 읽어나가다가 나는 페이지가 한층 쉽게 넘어가는 걸 느꼈다. 그렇다고 건성으로 활자를 건너뛴 건 아니었다. 그렇다면 『데미안』이라는 이 소설에 더 걸맞는 음악을 들어보면 어떨까?

나는 슈만의 〈어린이의 정경〉과 멘델스존의 〈무언가〉를 떠올렸다. 두 음악을 차례로 들으며 책을 읽어나갔는데 다소 지루했던 『데미안』이 좀 더 생생하고 활력있는 내용으로 다가왔으며 책의 페이지도 아주 쉽게 넘어가는 걸 확인할 수 있었다.

나도 이제야 신세대의 그 효율적인 관습을 배운 셈이다. 그러나 음악적 기호에는 서로 많은 차이가 있을 것이다. 그것은 문제가 될 수 없다. 누구나 자기만의 성격을 지녔듯 자기가 익숙한 음악이 따로 있는 것이다.

만약 책의 내용과 걸맞는 음악을 찾아낼 수만 있다면 독서를 하면서 음악을 듣는 것은 아주 행복한 일이며 또 아주 효율적인 일이기도 하다. 이 경우엔 영화에서 그러듯 음악이 책의 내용을 한층 풍요하게 장식하며 이해도 쉽게 도와주는 것이다.

독서로 인해 음악 역시 도움을 받는다. 애매했던 음악의 성격이 한층 명확해지며 음악의 효용성을 다시 한번 깨닫게 되기 때문이다.

　음악 듣기가 창작에는 어떤 도움이 되는가? 이 마지막 질문에 답할 차례가 되었다. 나는 본질적으로 글 쓰기와 음악 듣기를 분리해서 생각하고 있다. 글을 쓰기 위해 음악을 듣는 것이 아니란 말이다. 음악 듣기는 비록 취미라곤 하지만 그 자체로 독립된 내 생활의 일부이다. 어떤 음악을 듣고 그 분위기나 음악적 주체가 바로 글의 내용으로 전이되는 경우란 거의 없으며, 그것을 바라지도 않는다.

　그러나 큰 안목으로 생각한다면, 그리고 내가 많은 다채로운 음악을 들을 수 있다면 그 음악들을 통해 내게 새겨진 색채와 분위기와 감정의 여러 무늬들로 내 글의 어느 부분을 풍요롭게 장식하리란 가정은 어렵지 않게 할 수 있을 것이다. 어떤 사람들은 소설은 시장바닥의 산물이고 음악은 천상의 꿈꾸기 같은 것이라고 말한다. 아주 틀린 말은 아니지만 내가 좋아하고 지지하는 말은 아니다.

　내 생각엔 소설도 시도 음악도 우리의 하루의 적나라한 생활과 깊은 관련을 맺고 있는 아주 지상적인 것들일 뿐이다. 그것들을 어떤 식으로 자기 가까이 하느냐 하는 것은 각자의 문제이다.

쇼팽의 〈야상곡〉

피아노란 악기가 주위에는 많고 또 음악 연주가 중에 피아
니스트가 가장 많은 게 사실이지만, 피아노 음악과 친하고
그것을 즐겨 듣는 사람은 뜻밖에도 많지 않은 듯하다. 음악

을 좋아한다는 사람 중에는 피아노보다 현악기를 더 가까이 하는 사람이 많다.

원인은 아마 현악기가 연속음으로 노래를 들려주는데 반해 피아노는 단속음으로 이루어지는 선율이기 때문일 것이다. 피아노 음악을 듣기 위해서는 다소의 훈련과 특별한 집중력이 필요하다. 하지만 일단 피아노 선율에 귀가 익게 되면 가장 편한 마음으로 들을 수 있는 것이 피아노 음악이기도 하다. 이런 훈련에 가장 적합한 음악의 하나가 쇼팽의 〈야상곡〉이다. 〈야상곡〉은 구조가 단순하고 선율이 아름답고 지극히 감성적이어서 누구나 쉽게 이 음악에서 감흥을 얻을 수 있다. 미국인 피아니스트 반 클라이번의 말을 들어봐도 이것은 입증된다.

"그의 음악은 나이나 시간, 장소를 초월해 누구에게나 감흥을 준다. 그는 따뜻한 가슴으로 사물을 대하기 때문에 이 세상 누구와도 대화를 할 수 있다."

쇼팽의 음악에 대한 반 클라이번의 이 말은 〈야상곡〉에 그대로 적용되는 말이다. 반 클라이번의 이 말에는 쇼팽의 음악이 쉽게 가슴에 와 닿는다는 의미 외에도 그의 음악이 지닌 보편성과 깊이를 강조하는 뜻이 담겨 있다. 〈야상곡〉을 흔히 다소 감상적인 가벼운 곡이라고 치부하는 경향도 있는데 그것은 이 음악이 지닌 아름다운 선율과 신선하고 풍부한 화성에 비하면 무시해도 좋을 만한 것이다.

쇼팽을 '피아노의 시인'이라고 하는데 이것은 아주 적절한 호칭이다. 그는 평생 피아노 음악을 작곡하는데 온 정력을

바쳤으며, 특히 〈야상곡〉과 같은 서정적 독주곡을 아주 많이
써냈다. 24곡으로 된 〈연습곡〉과 역시 24곡으로 된 〈전주
곡〉, 그리고 〈발라드〉 등이 그같은 음악으로 주제나 형식에서
〈야상곡〉과 크게 구별되지 않을 정도로 서로 닮아 있다. 피아
노에 대한 쇼팽의 집착과 애정은 그 자신의 말을 들어보면
잘 알 수 있다.

"나는 피아노를 아주 잘 이해하고 있다. 그리고 내가 피아
노곡에만 매달리는 것에 대해 사람들이 이상하게 여긴다 하
더라도 하는 수 없다. 나는 피아노 앞에 있을 때만 언제나 강
해지기 때문이다."

〈야상곡〉이란 말은 영어의 'Nocturne'을 번역한 것인데,
로마시대에 이 말은 '밤의 시인'이란 뜻으로 사용되었으나
지금은 '고요한 밤의 악상을 그려낸 서정적인 음악'이란 뜻
으로 이해되고 있다.

'야상곡'이란 명칭과 악곡형식의 창안자는 쇼팽이 아니었
다. 쇼팽은 비슷한 시대에 활동했던 아일랜드 출신 피아니스
트이자 작곡가인 존 필드(1781~1837)의 〈야상곡〉을 듣고
그 영향으로 동명의 작품을 만들게 된 것이다. 쇼팽의 〈야상
곡〉은 명칭은 물론 형식과 분위기까지 선배격인 존 필드의
작품을 이어받고 있으며, 전곡이 21곡으로 된 것도 같다.

이런 점으로 미루어 쇼팽은 일찍이 존 필드의 작품에서 적
지않은 감명을 받은 것이 분명하다. 필드의 작품은 현재 존
오코너의 연주로 발매되는 것을 들을 수 있는데 쇼팽의 작품
과는 또 다른 묘미가 느껴진다. 이 작품은 처음부의 화성적

반주 위에 밤의 정적과 명상적 분위기가 실려 있어 피아노 음악에 남다른 의욕을 가진 쇼팽이 이 음악을 듣고 충동을 받은 것이 이해가 된다.

쇼팽이 십대 후반부터 〈야상곡〉 작곡에 매달린 걸 보면 그는 아주 어렸을 때 필드의 음악을 들은 모양이다. 그는 만년에 이른 1846년에야 〈야상곡〉 전곡을 완성한다. 필드의 형식을 답습했다고 하나 쇼팽은 이 음악 속에 보다 깊이있는 예술성을 불어넣었다. 그는 시적이고 낭만적인 꿈을 섬세한 감수성으로 그려냈을 뿐 아니라 때로는 격렬한 감정과 정열을 여과없이 분출하는 모험도 감행했다. 그만큼 새 〈야상곡〉은 내면의 울림이 풍부해지고 소재가 확대된 것을 의미한다.

쇼팽 자신은 자기 작품과 문학과의 연관성을 애써 부인했다고 하지만 그의 〈전주곡〉과 〈연습곡〉 등 작품에서는 문학적 소재에서 발효된 흔적이 도처에서 보인다. 〈야상곡〉도 예외가 아니다. 1833년 작품인 〈야상곡 6번〉 초고에 쇼팽은 처음 '햄릿 공연 뒤에'란 메모를 적었는데 뒤에 곧 이를 삭제해버렸다. 이것을 보면 그가 '햄릿' 공연을 보고 이 작품 악상을 떠올린 것을 알 수 있다.

〈야상곡〉은 쇼팽의 다른 작품들, 특히 유사한 형식과 주제를 지닌 작품들에 비해서도 뛰어난 작품이라고 할 수는 없다. 세련미나 날카로운 맛에서 〈연습곡〉과 〈전주곡〉에 못 미치고 〈마주르카〉나 〈폴로네즈〉처럼 짙은 향토색이 느껴지지도 않는다. 그의 피아노 소나타에 비하면 구조도 허술한 편이다. 그러나 〈야상곡〉에서는 그의 〈전주곡〉에서 느껴지는 죽음과 퇴락의 어두운 그림자 같은 것은 느껴지지 않는다. 오직 쇼팽 특유의 애상이 깃든 아름다운 선율과 짙은 서정적인 분위기만 간직될 뿐이다. 이 음악은 아름답고 고요한 밤을 위해 만들어진 음악이며 쇼팽 선율의 특징이 가장 잘 드러나고 있는 음악이기도 하다.

쇼팽 연주가로는 프랑스인 알프레드 코르토와 러시아인 스비아토슬라브 리히테르를 꼽을 수 있다. 미국인으로 처음 차이코프스키 콩쿠르를 석권했던 반 클라이번은 '내가 즐기는 쇼팽'이란 앨범을 오래전 내놓은 바 있다. 그리고 아르헨티나 출신 마르타 아르헤리치를 빼놓아서는 안 될 것이다. 그녀의 〈전주곡〉 음반은 명연으로 손꼽히고 있다. 다니엘 바렌보임이 내놓은 〈야상곡〉이 요즘은 인기를 얻고 있는 듯하다. 그의 명확하고 이지적인 연주는 다소 감상적으로 흐르기 쉬운 이 음악을 잘 조정하고 있다. 헝가리인 타마스 바사리가 내놓은 〈연습곡〉은 먼지 하나 없는 잘 닦인 유리처럼 깔끔하다. 그밖에도 쇼팽을 연주한 사람은 수를 헤아리기조차 어렵다.

반 클라이번이 말한 대로 이 지구 위에서 가장 사랑받고 인기있는 피아노 음악 작곡가는 아마 쇼팽인 것 같다. 그가 왜 그렇게 많은 사람들로부터 지지를 받는지 그 이유를 알고 싶다면 그의 음악을 들어보는 것이 가장 빠를 것이다.

음악의 축복

　매일 아침 산책길에서 보게 되는 아침 이슬에서 많은 예술적 영감을 얻었다는 피카소의 얘기는 우리에게 많은 것을 생각케 한다. 아침 이슬이 대단한 게 아니라 어린애와 같은 피카소의 순수한 눈이 남달랐다고 볼 수밖에 없다. 음악을 들을 수 있는 귀도 어린애처럼 순수하고 맑아야 한다고 생각한다. 그렇다고 사회생활을 하는 성인이 늘 어린애 같은 눈빛과 가슴을 유지할 수는 없는 일이다. 다만 음악이 귀에 흘러들어오는 어느 한정된 시간에 그는 어린애 같은 가슴으로 귀를 열고 있어야 하는 것이다.

　"세상에는 음악을 듣는 인간과 음악을 듣지 않는 인간, 이 두 종류의 인간이 있다."

　나는 얼마전 젊은이들과 얘기하는 자리에서 객기로 이런 말을 한 일이 있다. 이 말은 기독교에서 세례교인과 비신자를 구분하는 어법을 흉내내본 말이다. 다소 독단적인 표현이긴 하나 퍽 재미있는 말이라고 스스로 생각했었다. 이 말에는 음악의 고마움, 측량할 길 없는 그 축복을 강조한 뜻도 있고, 그럼에도 불구하고 손을 뻗으면 쉽게 닿는 거리에 있는 음악을 평생 거들떠보지도 않고 살아가는 사람들이 너무 많은 것을 한탄하는 뜻도 있다. 음악이 무슨 신앙처럼 그렇게 절실한 것인가? 이 물음에 나는 성격이야 물론 많이 다르겠지만 음악도 신앙 못지않게 절실하고 은혜로운 것이라고 감히 대답하겠다. 번민하고 괴로워했던 허구헌 젊은날들을 음악을 통해 크게 위안받았던 즐거운 기억을 나는 가지고 있으며 지금도 음악의 축복과 혜택 속에서 살고 있는 것을 큰 행운이라고 믿고 있다.

음악을 만나는 것은 발견이며 축복이다. 현대의 전설적 피아니스트인 호로비츠의 모스크바 귀국연주 실황 음반을 듣고 감격한 일이 있었다. 스카를라티, 스크랴빈, 슈베르트 등의 피아노곡을 연주했는데 연주도 좋았지만 이 음악회에는 다분히 문학적인 사연이 있었다. 호로비츠는 열아홉 홍안의 나이

에 예술적 자유를 찾아 철의 장막을 넘어온 이래 서방세계에
서는 살아 있는 전설이 되었으나 막상 조국 러시아의 무대에
는 그 동안 한번도 서보지 못했던 것이다. 페레스트로이카
덕분에 드디어 60년 만에 호로비츠의 모스크바 연주가 실현
되었는데, 이 음반이 바로 그 실황녹음이었다. 그러나 소리
만으로 이 역사적이고 곡절 많은 연주장의 모든 것을 감지할
수는 없었다. 그래서 갑갑증을 느꼈다. 외신으로 모스크바
청중들이 눈물속의 환호를 보냈다는 소식을 들었을 때 더욱
갑갑했다.

그러다가 우연히 어느 피아니스트를 만나 그 연주회의 비디
오테이프를 얻게 되었다. 이를테면 나는 운좋게도 그 연주회
장의 입장권을 손에 넣은 셈이었다. 모스크바 음악원 강당
밖에는 청중들이 구름떼처럼 모여들었는데 그 가운데는 어느
구멍가게 여주인으로 보이는 노파도 끼어 있었다. 이가 반이
나 빠지고 허름한 스웨터를 걸친 이 할머니는 인터뷰에서 자
못 흥분된 소리로 이렇게 말했다.

"호로비츠, 너무 황홀해요. 그의 음악회에 오다니, 이제 내
꿈이 실현된 겁니다."

그러니까 이 가난뱅이 노파는 그 동안 호로비츠 연주를 음
반으로 오래 들어왔던 것이고, 호로비츠의 실제연주를 듣는
게 오랜 꿈이었는데 드디어 그 꿈이 실현된 것이다.

그것은 내게도 조그만 꿈이었다. 자정이 지나고 가족들이
잠든 뒤, 나는 이윽고 모스크바 음악원 음악홀의 문을 열고
조용히 들어갔다. 스크랴빈, 라흐마니노프, 모차르트 등의

열정적인 선율을 지나 앙코르를 받은 호로비츠가 쇼팽의 야상곡을 연주하고 있을 때 모스크바의 노신사들과 숙녀들이 손수건을 꺼내 눈물을 닦아내는 모습이 화면에 나타났다. 어떤 신사는 볼을 타고 흐르는 눈물을 아예 닦을 생각조차 하지 않고 음악에 몰두해 있었다. 내겐 모든 음악이 좋았지만, 특히 호로비츠가 연주한 슈베르트의 〈즉흥환상곡〉이 온 마음과 신경을 가득 채워왔다. 오랫동안 〈즉흥환상곡〉의 선율이 내 머릿속을 떠나지 않았다. 그 음악회는 음악과 삶이라는 가장 보편적인 관계 혹은 주제를 가장 입체적으로 혹은 가장 실증적으로 우리에게 전해준 음악회였다.

음악을 전공한 사람은 음악 자체를 무엇보다 소중하게 여긴다. 나처럼 음악을 다만 듣고 즐기는 사람은 음악과 생활 혹은 자기 개인의 역사와 체험을 결부시킨다. 호로비츠의 귀국 연주가 유난히 감동을 주는 것도 이 노대가의 60년 만의 귀국무대라는 그의 인생역정이 그만큼 우리 가슴을 울리기 때문이다. 흔한 말로 사연 때문에 어떤 곡을 좋아하게 되었다는 말과 같다. 아무리 욕심쟁이라도 지상에 있는 모든 음악을 들을 수는 없다. 어차피 우리는 선택하기 마련인데 취미로 듣는 사람은 개인적 사연이나 체험이 선택의 중요한 기준이 되는 것이다.

베란다에 화초를 기르는 걸 취미 삼거나 옷 고르는 것이나 식도락을 취미 삼아 장안의 명소들을 찾아다니는 사람도 요즘은 적지않다. 거리에 나갈 때마다 습관처럼 음반 한 장, 테이프 한 개를 구해오는 사람은 아마도 그다지 흔치 않을 것이다. 이것은 무엇을 말하는가? 사람들이 음악이 좋은 것을 몰라서가 아니라 음악을 실제로 들어보지 않았기 때문이다.

음악을 가까이하지 않으면서 음악을 까닭없이 낯설어하고 어렵다고 불평한다. 음악을 들어보지 **않았기** 때문에 음악이 얼마나 부드럽고 자비롭고 공정하며 친밀한가에 관해 전혀 모르고 있다. 또 음악을 듣고 즐기는 것이 얼마나 큰 축복이 며, 가령 투자라는 측면에서 보더라도 얼마나 효율적인 투자 인가를 알 길이 없다. 이것은 불행이라고밖에 말할 수 없다. 세상에서 가장 값싸게 얻을 수 있으면서도 가장 값비싼 것이 무엇이냐고 물으면, 나는 한 장의 음반, 한 개의 테이프라고 서슴지 않고 말할 수가 있다.

오디오는 예술인가

몇 해 전 저명한 교수 한 분이 내게 스피커를 바꾸고 싶으니 적절한 물건을 소개해 달라고 부탁했다. 나도 오디오에 관심이 많으나 일반 기기들의 기능이나 소리를 그다지 잘 알고 있는 처지는 아니다. 고작 내가 한때 사용했거나 지금 지니고 있는 기기의 성능 정도를 알고 있을 뿐이다. 그것마저 정확한 지식은 아닐 것이다. 나는 잘 알고 지내던 오디오 전문가 한 분을 앞세우고 그 교수 댁을 방문했다. 풍광이 좋은 동네에 있는 그 집은 저택이란 말이 어울릴 만큼 크고 좋은 집이었다.

교수는 자기가 새로 구입한 앰프를 보여줬다. 그것은 아주 고가품이고 신품이며 오디오 애호가라면 누구나 인정하는 유명 앰프였다. 그런데 스피커가 질이 떨어지고 격이 다소 낮은 물건이었다. 소리를 듣기 위해 판을 찾았다. 왠지 디스크가 보이지 않았다. 교수가 어디서 낡은 판 한 장을 들고 왔다. 그나마 경음악 판이었다. 교수는 얼굴을 붉히며 자기집에는 이것밖에 없다고 말했다. 그는 그러니까 음악을 듣는 것이 아니라 다만 좋은 장난감으로 고급 오디오를 갖고 있었

던 것이다.

앞의 이야기는 좀 심한 경우지만 오디오 애호가들이 마주치면 당연히 음향기기에 관한 이야기로 열을 올리곤 한다. 클립시 스피커는 혼이 좋다는 둥 타노이 스피커는 저음이 부드럽지만 고음이 약하다는 둥 수많은 음향기기들이 그 자리에 등장하고 평가를 받는다. 모두가 전문가들이다.

격이 낮거나 값싼 기계를 갖고 있는 사람들은 명함을 내밀수가 없다. 이야기에 끼여들려면 적어도 어느 수준의 기기를 갖고 있어야 하고 전문가 뺨치는 지식이나 일가견이 있어야한다. 그런데 이상한 일은 그런 자리일수록 음악 이야기가없다는 사실이다. 아무리 귀를 기울여봐도 끝내 음악 이야기는 하지 않는다. 나는 그 동안 음악보다 소리를 듣고 소리의질을 추구하는 사람들을 적지않게 보아왔다. 어떤 이야기냐하면 오디오를 좋은 장난감으로 여기는 사람들을 많이 봤다는 뜻이다. 소리가 좋고 모양이 훌륭하고 고가품이면 당연히좋은 장난감이라고 할 수 있다.

장난감 이야기가 나왔으니 농담삼아 이런 두 가지 질문을해보겠다. 좋은 기기에 그저 그렇고 그런 음악을 들을 것이냐, 아니면 싸구려 음향기기로 좋은 음악을 들을 것이냐. 해답은 간단하다. 좋은 음향기기가 반드시 좋은 음악을 들려주는 것은 아니라는 걸 알 수 있다. 반대로 나쁜 기기도 얼마든지 좋은 음악을 들려줄 수가 있는 것이다. 요즘 흔히 쓰는 말로 하드웨어가 문제가 아니라 중요한 건 소프트웨어다. 어떤음악을 듣느냐에 따라 기계의 효용성도 달라진다. 그런데 음악의 내용은 기계가 아니라 사람의 가슴과 머리가 결정해준다.

나는 한때 좋은 음향기기를 갖추는 걸 지상의 꿈으로 여긴일이 있었다. 그때 그 꿈을 성취하는 건 거의 불가능한 일이었다. 불가능했기 때문에 더욱 열망했는지도 모른다. 사실은오디오만 있다고 해서 음악을 잘 들을 수 있는 것도 아니다.

오디오를 설치할 수 있는 마땅한 방, 즉 집이 있어야 한다.

지금도 나는 그렇게 생각하고 있다. 만약에 인생살이에서 최고의 행복이 있다면 그것은 좋은 방에 좋은 오디오를 놓고 좋은 음악을 종일 듣는 것이라고. 음악을 아무 때나 듣고 싶을 때 듣자면 우선 시간 여유가 있어야 할 것이다. 조용하고 풍치도 수려한 집을 마련하자면 한두 푼으로 될 일도 아니다. 그러니 역시 내가 생각하는 최고의 행복이라는 것도 손쉽게 얻어지는 것이 아님을 알 수가 있다.

음악을 가장 감동적으로 들은 시간은 고가품 오디오 앞에 앉아 있던 시간이 아니었다. 어느 해 여름 저녁 수색 쪽 직장에서 신촌 집으로 걸어서 오는데 골목 저쪽에서 피아노 소리가 가늘게 들렸다. 곡목은 〈은파〉라고 기억된다. 솜씨도 그저 그렇고 곡도 역시 대단한 명곡이 아니었다. 그러나 나는 그 피아노 소리를 들으면서 그때 내 마음 속에 가득 차올랐던 이유없는 슬픔을 이십 년이 지난 지금도 기억하고 있다.

그보다 더 오래전 이야긴데, 나는 그때 어느 싸구려 식당에서 국밥을 먹고 있었다. 여기저기 막일꾼들이 앉아 국밥을 맛있게 먹고 있었다. 그때 선반 위에 놓여 있는 낡은 라디오에서 마르티니의 〈사랑의 기쁨〉이 흘러 나왔다. 티토 스키파의 노래였다. 지금 그런 라디오가 있다면 골동품 수집상이 욕심을 낼 것이다. 그러나 그때 그 노래를 들었던 시간의 기억은 평생토록 지워지지 않을 것이다.

내가 그 유명한 바흐의 무반주 첼로 소나타를 처음 들은 것도 사실은 아주 낡은 음향기기를 통해서였다. 구형 산스이라고 기억되는데 요즘 같으면 그런 기계는 거들떠보는 사람도 없을 것이다. 그러나 그 볼품없는 음향기기는 그 명곡을, 더구나 카잘스의 연주까지 곁들인 명곡을 유감없이 내 가슴 속에 떠안겨줬다. 좋지 않은 음향기기도 얼마든지 좋은 음악을 들려줄 수 있는 것이다.

그러나 음악을 듣다보면 역시 더 좋은 소리를 탐내게 된다. 일정액의 돈이 생겼을 때 음악을 좋아하는 사람이라면 오디오에 투자하는 걸 가장 효율적인 투자라고 생각하게 된다. 자동차를 사는 것보다, 집을 늘리는 것보다, 심지어 증권에 투자하는 것보다 오디오에 투자하는 게 가장 생산적이고 효율적인 투자라고 생각한다. 오디오는 장난감으로서의 역할도 하지만, 가령 그것을 천국에 이르게 하는 자동차라고 다소 과장된 이름으로 부를 수 있다면, 음악 애호가는 지상을 달리는 자동차보다 역시 천국에 이르게 하는 자동차에 투자하게 되는 것이다.

하나의 좋은 오디오를 갖는 게 꿈이었던 나는 삼십대 중반이 넘어서야 가까스로 그 꿈을 이룰 수 있었다. 좋은 오디오라고 해도 역시 값으로 치면 가까스로 수준급에 드는 물건이었다. 그나마 구입 절차가 아주 복잡다단했다. 그땟돈 20만 원이면 큰돈이었으나 좋은 오디오를 사는 데는 턱없이 부족한 액수였다. 그 돈을 들고 충무로에 나갔는데 내가 살 수 있는 기계가 아무것도 없었다. 아마 1974~75년도가 아니었나 생각된다.

우연히 진공관 쿼드 모노 타입이 눈에 띄었다. 두 개의 무

거운 쇳덩어리였는데 얼핏 보면 엿장수도 거들떠보지 않게
생긴 그 쇳덩어리값이 내가 가진 돈을 초과했다. 사정사정해
서 그 고물단지를 내 것으로 만드는데 성공했다. 물론 스피
커나 턴테이블을 구입할 돈은 없었다.

나는 그때 오랜 하숙생활을 청산하고 안암동의 조그만 아파
트를 혼자 빌려 살고 있었다. 두 개의 쇳덩어리를 끙끙거리
며 아파트로 들고 갔다. 그것을 아파트 거실 진열장에 보물
단지처럼 나란히 세워 놓았다. 그리고 밤이면 혼자 옆에 앉
아 그 고물을 감상하곤 했었다. 그때 내 귀에는 벌써부터 음
악이 들리는 것 같았다. 물론 언젠가 스피커가 들어오고 턴
테이블도 들어와서 소리를 내줄 것이다… 그 소리가 내 귀에
미리 들려온 것이다.

한 달쯤 지난 어느 날 저녁, 누가 문을 두드렸다. 충무로에
서 내게 쇳덩이를 팔았던 그 사람이었다. 그는 밖에 용달차
를 세워두고 있었다. 용달차 위에 스피커와 턴테이블이 실려
있었다. 그 사람은 쇳덩이를 가져간 사람이 아무래도 나타나
지 않아서 자기가 좀이 쑤셔서 찾아왔다는 것이었다. 그런
상인이 흔히 있는 건 아닐 것이다.

그 사람은 음악 듣는 사람의 심정을 이해하고 있었다. 내가
쇳덩이를 앞에 놓고 미래에 들릴 소리를 환청으로 감상하고
있다는 것까지 그는 짐작하고 찾아온 것이다. 물론 외상거래
였고 그와 나는 초면이나 다름없었다. 음악 애호가들에게나
있을 법한 이야기다. 그는 오디오를 모두 연결해서 소리를
나오게 해놓고 물러갔다.

 꿈이란 그것이 성취되지 않아서 꿈일 수 있을 것이다. 또 성취되기 힘든 꿈이 더욱 우리를 달뜨게 만든다. 충무로의 산타클로스가 돌아가고 혼자 새 오디오와 마주섰을 때 내 감격은 이루 말할 수가 없었다. 그러고 보면 때로는 가난이란 것도 참으로 즐거운 것이다. 그날 밤 나는 새벽 여섯시까지 음악을 들었다. 음악을 들었다기보다 소리를 들었다고 하는 게 알맞은 말일 것이다. 나의 새 오디오를 환영하는 의식이 었다. 서로 뜨거운 인사를 주고받은 셈이었던 것이다.

 연주가들은 너나없이 좋은 악기를 탐낸다. 악기가 소리를 내기 때문이다. 그래서 좋은 현악기의 경우 천문학적인 가격이 형성되기도 한다. 물론 명연주가는 가령 품질이 다소 떨어지는 악기를 가지고도 좋은 연주를 들려줄 수 있어야 한다. 고가의 좋은 악기를 가져야만 좋은 소리를 낼 수 있다면

그는 명연주자가 못 된다. 그러나 명연주가일수록 최고의 소리에 대한 집념이 강할 것이고 청중도 명기를 가진 명연주가의 소리를 듣고 싶어한다. 청중이 원하는 것도 역시 최고의 소리이기 때문이다. 오디오 애호가들의 집념 역시 음악회에 나온 청중과 다를 바 없다. 그래서 오디오는 끝없이 발전하고 변모하는 것이다.

오디오는 예술인가? 이 말을 바꾸면 기계를 놓고 예술이냐고 묻는 셈이 된다. 그러나 내게 해답을 구한다면 나는 서슴없이 오디오는 예술이라고 대답하겠다. 오디오는 이미 연주 자체는 아니다. 어떤 식으로든 연주자의 음악을 변형시키는 것이다. 더 나쁘게 바꿀 수도 있고, 더 좋은 소리로 바꾼다고 할 수는 없을지라도 최선의 소리를 들려주는 경우도 있다. 어느 경우건 본래의 소리와는 다르다. 그 다른 부분은 오디오의 몫이고, 다른 부분만큼 오디오는 스스로 창조에 가담하는 것이다.

게다가 오디오는 저마다 개성이 다르고 얼굴 모습도 다르다. 현재 오디오의 다양하고 다채로운 디자인은 오디오가 하나의 시각예술임을 말해주고 있다. 조각품이나 어떤 조형예술도 오디오만큼 다채롭고 화려하지 않을 것이다. 오디오는 소리를 보여주는 하나의 조형물이다.

음악에는 시각을 즐겁게 해주는 많은 소품들이 존재한다. 그것들은 일면 보여주는 음악이라고 할 수 있다. 원형의 레코드가 그렇고, 절묘한 곡선의 공명통과 날카로운 현이 적절히 배합된 현악기가 그렇다. 또한 여러 가지 관악기들도 그 형태가 고도의 기하학을 응용한 것들이다. 첼로를 들고 무대 전면으로 걸어나오는 첼리스트의 모습은 얼마나 당당한가. 그것은 첼로가 아주 날씬한 여인의 몸을 닮았기 때문이다. 오디오 또한 마찬가지다. 오디오의 여러 형태들도 우리의 시각을 즐겁게 해주는, 보여주는 음악의 기능을 톡톡히 수행하고 있다.

오래전 종로의 어느 음악감상실에는 피카소가 그린 대형 그림 한 점이 걸려 있었다. 물론 모사품이었는데 〈귀와 높은음자리표〉라는 제목이었다고 기억된다. 높은음자리표는 정말 인간의 귀를 닮았다. 그 그림은 이 두 가지를 한데 뒤섞어 묘한 효과를 나타내고 있었다. 악보의 기호를 만들어낸 사람이 아마 귀를 생각하고 높은음자리표를 만들었을지 모른다는 생각을 그 그림을 보면서 하게 되었다. 악보의 다른 기호들도 대체로 시각적으로 즐거움을 느끼게 해주는 것들이다.

그러나 오디오가 예술이라고 서슴없이 말할 수 있는 가장 큰 이유는 소리를 변형시켜 그 나름의 창조의 몫을 가지고 있기 때문도 아니고 그 겉모습이 유려하기 때문도 아니다. 오디오의 위대한 점은 변형의 능력이 아니라 음악 자체를 가장 본래의 소리답게 들려주기 위해 끊임없이 자기를 연소하는 데에 있는 것이다. 본래의 소리란 물론 바흐가 만든 소리, 모차르트가 만든 소리, 혹은 카잘스 선생이 만든 소리를 말한다. 오디오 덕분으로 우리는 매일같이 그 위대한 사람들의 영혼의 소리와 만나고 있지 않은가? 오디오의 기능이 그럴진대, 누가 오디오를 예술가가 아니라고 말할 수 있겠는가.

쇼팽의 음악을 열어준 부닌의 연주

진실은 단순하다는 말이 있다. 하기야 알고 보면 단순하지 않은 게 없겠지만 이 말은 그런 뜻으로 쓰인 것은 아니다. 이 말은 진실의 구조가 본래 복잡하거나 난해하지 않고 지극히

단순하고 쉽다는 걸 뜻하는 말일 것이다. 다르게 말한다면 예술작품의 구조나 혹은 그것을 표현하는 기교도 아주 단순하다고 할 수 있다. 이렇게 말하면 반문할 사람이 있을 것이다.

그렇다면 누구나 걸작을 만들어 낼 수 있다는 말인가. 많은 예술가들이 작품 하나를 완성하기 위해 흘리는 피와 땀은 무엇이란 말인가.

물론 누구나 걸작을 만들어낼 수는 없는 일이며 작품 하나를 완성하기 위해 지구상의 수많은 예술가들이 이 순간에도 남몰래 고통에 시달리고 있으리라는 것은 틀림없는 사실이다. 진실이나 뛰어난 예술작품의 구조가 본래 단순한 것이라고 하더라도 누구에게나 차별 없이 문을 열어주는 것은 아니다. 문제는 여기에 있다. 그 해답을 찾아보기 위해 두 가지 이야기를 들어보기로 하자. 이 방법이 진실을 이해하기 쉬운 방법일 것이다.

최근 신문에서 미국 어느 비평가가 피카소 작품을 다른 각도에서 보기 시작했다는 기사가 나왔다. 요약하면 큐비즘으로 불리는 피카소의 그 난해한 기하학적 그림들이 사실은 어린이들 그림에서 많은 힌트를 얻은 결과였다는 것이다. 피카소 자신도 생전에 자기는 어린이 그림전람회를 자주 가본다고 말했다는 것까지 기사에 나와 있었다. 그렇다면 피카소는 어린이로부터 배우고 다른 수많은 화가들은 피카소로부터 배운 셈이다. 어린이들 그림을 보면 대체로 단순하고 이해하기가 쉽다. 피카소는 거기서 가장 순수한 진실의 씨앗을 발견했던 모양이다. 그러나 어른이 되면 순수한 것은 없어지고 그림은 상투적인 것이 되는 게 보통이다. 그 기사를 읽으며 『피카소와의 대화』란 책에서 피카소가 한 말이 떠올랐다. 자기는 아침에 산책할 때 잎사귀에 맺혀 있는 이슬 한 방울만 보아도 그게 아주 경이롭게 보인다는 것이다. 정확하게 전달한 건 아니지만 대충 이런 이야기였다. 요컨대 어린이 눈으로 이슬을 봤다는 이야기와 별로 다를 게 없는 말이다.

몇 달 전 러시아 출신 부닌이란 젊은이가 우리나라에 와서 피아노 연주회를 가졌다. 그는 일본에서 부닌 신드롬을 일으킬 정도로 선풍적 인기를 모았다는 사람이다. 그가 쇼팽의 작품을 연주하는 걸 자세히 관찰했더니 다른 연주자들과 한 가지 분명히 다른 점이 있었다. 그건 다른 연주자들이 피아노 앞에서 혹은 청중 앞에서 연주할 때 보면, 대체로 고통스런 표정을 짓거나 얼굴을 찌푸리는 경우가 많은데 부닌은 시종 싱글거리며 연주를 한다는 사실이었다.

찌푸린 얼굴에 익숙한 청중들은 부닌을 경박한 사나이로 봤을지도 모른다. 그러나 그가 시종 미소지으며 연주하는 쇼팽의 음악이 누구의 연주보다 듣기 좋았고, 또 나처럼 쇼팽음악에 친숙하지 않은 사람조차 쇼팽의 음악을 좋아할 수 있게 이끌어 주었다. 전에 나는 쇼팽을 별로 좋아하지는 않았고 별스럽지도 않게 여겼는데 부닌의 연주를 듣고 쇼팽을 다시 생각하게 되었다. 부닌이 어떤 자리에서 자기는 정말 쇼팽음악을 좋아하기 때문에 쇼팽을 자주 연주한다고 말했다. 그 말을 듣고 보니 그가 웃으며 연주하는 것도 더욱 이해가 되었다.

어떤 친구가 찌푸리며 연주하는 사람을 두고 내게 말했다. 그건 음악이 문을 열어주지 않으니까 고통스러워서 찌푸리고 인상을 마구 쓰는 것이라고. 우스갯소리 같지만 단순히 농담으로만 들리지 않았다.

예술가의 마음이나 정신에 관해 많은 이야기들을 한다. 기술이나 기교도 마음이나 정신에 따라오는 것이다. 피카소나 부닌은 쉽게 예술에 접근한 셈이며 누구보다 자신이 예술을 즐긴 사람들이다. 눈을 떠야한다는 것은 다름아닌 사물을 쉽게 볼 줄 알아야 한다는 말일 것이다. 쉽게 볼 줄 모르기 때문에 진실이나 예술의 세계가 한없이 까다롭고 복잡하게 느껴지는 것이다. 마치 믿음 없는 사람에게는 하느님이 아무래도 안 보인다는 말과 같은 이치이다.

슈만의 〈어린이의 정경〉

기승을 부리던 여름 무더위가 한풀 꺾이는가 했더니 어느새 가을 소슬바람이 뺨을 스치고 지나간다. 추억과 상념의 계절로 접어든 것이다. 요즘에는 사람들이 너무 바빠 추억에 잠길 틈도 없다고 한다. 그러나 추억이 없는 삶이란 너무 삭막하다. 아름다운 추억은 그 자체로 끝나는 게 아니라 미래를 풍요롭게 하는 비료로 작용하기 때문이다. 이 가을에는 조용하고 은밀한 추억의 음악에 한 번 젖어보는 게 어떨까.

슈만의 피아노 독주곡인 〈어린이의 정경 Op.15〉은 표제 그대로 어린날의 회상을 소재로 삼고 있는 아름답고 아주 조용한 음악이다. 음악에 대해 조용하다는 말을 사용하는 것은 조금 이상하게 들릴지 모르나 요즘 너무 시끄러운 음악에 우리 청각이 많이 시달리고 있기 때문에 일부러 이 말을 사용하는 것이다. 음악은 소리를 냄으로 가능한 것이지만 침묵과 정적을 잘 이용해서 음악의 묘미와 맛을 더해주는 음악들이 얼마든지 있으며 이런 음악들과 친해질 때 비로소 음악의 맛과 깊이를 알게 되는 것이다.

이 작품은 13개의 각기 다른 제목들을 가진 소품들로 이루

어졌는데, 슈만은 이 작품 외에도 〈나비〉나 〈사육제〉 등 연작
풍의 작품을 유독 많이 썼고 또 이런 작품들 속에 그의 개성
이 잘 드러나 있다. 쇼팽을 흔히 피아노의 시인이라고 말하
는데 슈만이야말로 이런 호칭에 더욱 걸맞는 인물이 아닌가
생각된다. 슈만이 본래 열렬한 피아니스트 지망생이었다가
손가락 부상으로 작곡으로 방향을 바꾼 점도 그렇고 그가 평
생 주로 피아노 작곡에 매달린 점도 그
렇다.

슈만과 클라라

그는 또 아마추어 문학도였
다. 그의 유명한 성악곡 가운
데 〈시인의 사랑〉이 있는가
하면 여기 소개되는 〈어린
이의 정경〉에도 '시인의 이
야기'란 소품이 들어 있다.
슈만과 클라라의 로맨스는
너무 유명해서 모르는 사람
이 없을 정도다. 모든 작곡가
가 그렇지만 슈만은 그의 길지
않은 일생을 통해 여인과 삶에 대한
사랑과 열정을 가장 뜨겁게 노래한 사
람이었다.

〈어린이의 정경〉을 들어보면 그가 얼마나 섬세한 감각으로
유년기의 생활을 그려내고 있는가를 알 수 있다. 이것은 과
거나 추억에 관한 단순한 향수가 아니고 우리 삶의 아주 미

세한 부분까지도 그만큼 사랑했고 거기에 의미를 부여했다는 증거이다. 누구나 유년기나 소년시절의 추억을 가장 아름다운 기억으로 간직하고 있다. 따라서 이 음악은 누구에게나 친근하고 쉽게 다가올 것이다.

나는 청년기에 이 음악을 처음 들었는데 도시에 나온 뒤 너무 오랫동안 잊고 지냈던 시골에서의 유년기와 소년시절의 갖가지 기억들이 한꺼번에 눈 앞에 쏟아져 나오는 바람에 한동안 목이 메인 적이 있었다. 아름다운 음악이 아름다운 시절의 갖가지 영상을 현실처럼 되돌려 준 것이다. 눈물이 나왔지만 그것은 슬픈 시간이 아니었고 자기 삶의 의미와 가치, 그 연속성을 확인하는 행복한 시간이었다. 나는 영혼 신봉자는 아니지만 음악을 통해 이런 시간을 자주 경험함으로써 내 영혼이 때묻지 않고 견딜 수 있었다고 생각한다. 음악이 사람의 마음과 정신을 순화시킨다는 말은 바로 이런 경우일 것이다.

〈어린이의 정경〉에 들어있는 소품들의 제목도 특색이 있고 흥미롭다. 물론 그 음악의 색채도 조금씩 다르다. '미지의 나라들', '이상한 이야기', '술래잡기', '중요한 사건', '트로이메라이(꿈꾸는 것, 몽상 등의 뜻이나 본래 이름으로 너무 많이 알려졌다)', '난롯가에서', '목마의 기사', '잠자는 아이' 등이 소품 제명인데, 이밖에도 다섯 개가 더 있다.

슈만의 서정성 짙은 아름다운 멜로디는 시를 소재 삼은 그의 유명한 가곡들, 이를테면 〈여인의 사랑과 생애〉, 〈시인의 사랑〉 등을 통해 유감없이 발휘되고 있는데 물론 〈어린이의

정경〉에서는 이 세상을 호기심 많은 눈으로 바라보는 어린이
의 마음이 느리고 아름다운 선율로 그려지고 있는가 하면
'중요한 사건'에서는 놀라움과 충격의 심상을 직설적으로 표
출하고 있다. '난롯가에서'를 들으면 어린날 모닥불이나 난
로를 앞에 놓고 할머니의 이야기를 듣느라고 졸음을 참아내
던 기억이 선명하게 떠오른다.

'트로이메라이'는 이 소품들 가운데서 가장 널리 알려졌고
독립된 연주곡으로 연주자들의 사랑을 받는 곡이다. 음악을
자주 듣지 않는 사람 귀에도 아마 이 멜로디는 귀에 익을 것
이다. 이 곡은 제명인 '몽상'이나 '꿈꾸기'가 뜻하는 것과는
달리 실상 아주 슬픈 감정을 자아내는 음악이다. 이 음악을
들어보면 구태여 어린날이 아니더라도 먼 과거라든가 자기의
삶 속에서 결코 잊을 수 없는 어떤 사연을 다시금 회상하게
만드는 분위기 속으로 우리를 몰아가는 것을 느낄 수 있다.
그것도 슬픔을 동반한 채 말이다. 까닭없이 슬퍼하고 우울해

클레의 〈작은 요정들〉

할 필요야 없겠지만 눈물이 한때의 감정을 정화해 주듯이 슬픔에 잠시 젖어보는 것도 감정관리에 나쁘지는 않을 것이다.

이제는 피아노의 전설이 되어버린 블라디미르 호로비츠가 60년 만에 모스크바에서 귀국연주회를 가졌을 때 러시아의 많은 청중들이 손수건으로 눈물을 닦는 장면을 화면에서 본 일이 있다. 바로 슈만의 '트로이메라이'를 연주하던 순간이었다. 호로비츠는 특히 낭만파 음악 연주의 대가로 정평이 난 인물이다. 이 '트로이메라이'만 해도 호로비츠만큼 이 음악의 특징을 절묘하게 살려 연주하는 사람을 나는 아직 본 일이 없다.

그때 러시아 청중들은 왜 눈물을 흘렸을까 하고 나는 생각해 봤다. 자신들의 곡절 많았던 지난 시대를 생각했을까? 혹은 저마다 갖고 있는 어떤 개인의 추억을 떠올렸을까? 혹은 단지 음악이 너무 아름답고 슬퍼서 울었을까? 아마도 이 모든 것들이 다 포함되어 있을 것이다. 그리고 그때 청중들은 그 눈물로 고통이 아닌 위안을 받았음이 분명하다. 그 이유는 앞에서 열거한 그대로다.

〈어린이의 정경〉과 여러모로 대비되는 작품에 멘델스존의 〈무언가〉가 있다. 이 작품 역시 여러 개의 표제가 달린 소품들로 구성되어 있는 아름다운 음악이다. 결코 떠들썩하지 않고 조용하게 속삭이는 것 같은 이런 음악을 듣노라면 피아노 음악의 묘미와 맛을 알게 되고, 결국 그것을 사랑하지 않고는 배겨내지 못할 것이다.

❊ 음악 현장을 찾아서

조수미의 고국 무대

- 1994년 -

무더위로 온 나라가 열병을 앓고 있는 때에 예술의 전당 오페라극장에서 소프라노 조수미의 가곡 무대가 펼쳐졌다. 냉방이 된 객석과 무대 주변까지 후덥지근한 무더위가 맴돌았지만 음악과 노래에 대한 청중들의 열기는 조금도 식을 줄 몰랐다.

7월 18일 공연을 본 나로서는 우선 이번 공연장소로 사용된 오페라극장이 독창회 무대로 적합한 곳인지 하는 의문이 맨먼저 떠올랐다. 이 극장의 객석 배치형태나 무대 바로 앞에 마련된 오케스트라피트를 감안해볼 때 역시 부정적으로 생각됐다. 무대와 3·4층 객석 끝까지 거리가 멀다는 것은 어쩔 수 없었다. 이날 유난히 소리가 멀리까지 시원하게 올라오지 못한 것은 단순히 후덥지근한 공기 탓만은 아니었을 것이다.

세계 정상급 콜로라투라 소프라노로 구미 무대에서 한창 성가를 높이고 있는 조수미는 그 동안 우리 음악팬들뿐 아니라 일반인에게도 많이 알려진 성악가다. 조수미의 타고난 음성에 대해 얘기하는 것은 부질없는 짓일 것이다. 그녀의 목소리는 아름다울 뿐 아니라 특이한 힘을 가지고 있다. 여기에 다른 가수들에게서는 보기 힘든 뛰어난 표현력까지 갖추고 있으니 3박자를 고루 구비한 셈이다. 인간의 귀는 어떤 감각기관보다 발달한 것이어서 가령 음악을 잘 모르는 보통 사람이 라디오나 텔레비전을 통해 잠깐 그녀의 노래를 들어보아도 '굉장하다'는 것을 금방 깨달을 수 있을 것이다.

우리나라 사람들은 우리 가곡 한두 곡은 누구나 직접 부를 줄 알고 또 대부분의 우리 가곡을 잘 알고 있다. 사실은 우리 가곡이라고 해봤자 따져보면 몇 개 되지 않지만. 조수미의 목소리로 이 가곡을 듣게 되면 판단이 한층 쉬워진다는 얘기다. 내가 최근 며칠 동안 주위 사람들로부터 조수미의 노래에 관한 평을 무척 많이 들었기 때문에 하는 말이다. 이미자도 아닌 성악가 조수미의 노래가, 더구나 여기에 살고 있지도 않은 사람의 노래가 이토록 단기간에 국민 대다수의 관심사가 되었다는 것은 놀라운 일이고, 반가운 일이기도 하다. 이것은 그녀의 노래가 사람들의 음악적 품성까지 한껏 높이는 데 기여하고 있다는 증거이기도 하다.

이번 공연 레퍼토리는 우리 가곡을 중심으로 새·고향·사랑·꽃 등 주제별로 나뉘었고 여기에 프랑스·이탈리아 노래들을 첨가했는데, 실황 음반 녹음을 겸한 메뉴로는 썩 재미

있는 착상이었다. 그러나 한편으로 청중 입장에서 보면 가곡 중심의 이 무대가 조수미의 전모가 아닌 일면만을 전하는 데 그칠 수밖에 없기 때문에 오랜만에 무대를 찾아나선 사람들에게는 약간 서운한 감도 없지 않았을 것이다.

우리 가곡들은 특유의 서정성과 애조를 띠고 있으나 서양 노래에 비해 대체로 그 음률이 단조롭고 노랫말도 딱딱한 감이 없지않다. 이런 노래를 조수미처럼 특출한 콜로라투라 가수가 부르면 그녀의 장점과 장기를 십분 발휘하는 데는 아무래도 미흡한 것이다. 프랑스 콜로라투라 아리아만을 녹음한 그녀의 독집 앨범을 들어보면 이런 사정은 금방 알 수 있다. 조수미 노래가 가곡에 적합하지 않다는 얘기가 아니고 가곡만으로는 그녀의 진면목을 접하기 어렵다는 얘기다. 그러나 조수미니까 그녀의 특출한 표현력으로 가곡의 단조로운 면을 아주 맛있게 살려낼 수 있었다고 볼 수도 있다.

꽃이 주제가 된 첫 파트에서 흥미있게 들은 노래는 김순남의 〈산유화〉와 〈피렌체의 꽃 파는 아가씨〉였다. 〈산유화〉는 최근 해금으로 우리에게 알려지기 시작한 김순남의 대표작이란 점에서 특별한 관심을 끌었다. 김순남의 노래들이 지닌 특징은 다른 가곡들에 비해 은유성이 강하고 그 기법이 현대적이란 점이다. 자주 듣지 않으면 자칫 생소하게 들릴 수도 있다. 〈산유화〉는 김순남의 노래 중에서는 그래도 친숙하게 와닿는 노래다.

조수미는 은유성이 강한 이 노래의 깊은 맛을 천천히 음미하듯 불러나갔는데, 그런 조심스런 자세 때문에 이 노래의 높은 품격이 제대로 살아나 듣는 사람의 가슴을 뭉클하게 해주었다. 노래를 잘 한다는 가수도 음절의 끝 부분에 가서는 소리가 들리는지 마는지 모호하게 흘려버리는 경우가 흔히 있는데, 조수미는 이런 부분까지도 소홀히 넘기지 않고 미세한 피아니시모에 더욱 열정을 기울여 노래를 마감했다. 역시 일류 가수는 다르다는 것을 느끼게 해주었다.

〈피렌체의 꽃 파는 아가씨〉를 부를 때 조수미의 자세는 아연 활기를 띠었다. 숨가쁘게 넘어가는 이 노래를 듣고나면 그녀의 본령이 어디라는 걸 명확하게 느끼게 된다. 장식적 기교를 특기로 삼는 콜로라투라 소프라노의 진면목을 그녀는 이 짧은 노래 한 곡에서 유감 없이 발휘했다. 그러나 노래가 아름답고 절실하게 와닿는 만큼 소리가 좀더 시원하게 무대 끝까지 전달되지 못한 데 대한 아쉬움도 있었다. 이는 탁하고 무더운 공기 탓이라고 생각하고 싶다. 좀 알려진 가곡이라면 너무 자주 들었기 때문에 성악가가 어지간히 잘 불러도 감흥이 별로 오지 않는 법이다. 가령 두번째 사랑 파트에서 불러준 〈님이 오시는지〉나 〈그대 있음에〉들이 이런 경우였다. 우리 가곡도 영역을 더 넓혀야 할 때가 되었다는 것을 실감할 수 있는 대목이기도 했다.

이에 비해 세번째 파트로 불려진 〈새야새야 파랑새야〉나 〈새타령〉 등이 도리어 흥취를 돋구어준 노래들이었다. 민요풍의 가락을 도입한 이 노래들의 빠른 템포, 그리고 어지러운 시골 마당을 연상케 하는 친근감 있는 노랫말들이 어우러져 조수미의 한 '파격'을 맛보게 해주었다. 민요풍의 가곡들

이 현대 시점에서 더욱 다양하게 개발될 필요가 있음을 조수미의 노래가 보여준 셈이다.

조수미는 고향의 노래를 부를 때 무대에서 눈물이 나올까봐 겁이 난다고 한 인터뷰에서 고백한 적이 있다. 〈가고파〉나 정지용의 〈고향〉을 부를 때 그녀는 눈물은 흘리지 않았으나 이런 노래들을 부를 때면 어쩔 수 없이 그녀의 마음이 경직되는 것을 감추지는 못하는 것 같았다. 그러나 이런 모습도 제스처가 아니고 그녀의 솔직한 일면으로 느껴져 보기에 나쁘지는 않았다. 여기는 바로 그녀의 고국 무대가 아니던가.

3부 연주가에게로의 초대

- CD로 듣는 음악 -

J.S.Bach
The Well-Tempered Clavier
Edwin Fischer

1

EMI
CLASSICS

CHOPIN
martha
argerich

THE LEGENDARY
1965 RECORDING

비스펠베이의 바흐 〈무반주 첼로 모음곡〉

바흐의 〈무반주 첼로 모음곡〉은 오디션을 앞둔 음악과의 신입생 지원자나 연주회를 앞둔 첼로의 대가들이나 모두 그 해석을 놓고 고심하는 곡이다. 얼핏 들어보면 일견 평이해 보이지만 그 평이함 속에 매우 큰 함정이 도사리고 있다고 할까. 그렇다고 남의 연주를 고스란히 흉내낼 수도 없고 독자 해석은 더욱 난감한 일이다. 짐작컨대 이 곡이 연주하기에 까다롭게 느껴지는 이유는 대부분의 다른 음악처럼 분명한 한 가지 색채나 주제 같은 것이 손에 잡히지 않기 때문일 것이다.

최근 이 음악이 부쩍 대중의 관심을 끌게 된 것과 함께 첼로 명인들이 앞을 다투어 이 곡의 녹음을 선보이고 있다. 연주가에 따라 연주 스타일이나 곡해석상 별별의 편차가 들쭉날쭉한 것은 당연한 일이지만, 마치 미인들의 치열한 경연대회를 보는 것 같아 관전자는 즐거울 수밖에 없다.

최근 국내외에서 큰 관심을 얻고 있는 젊은 연주자 피터 비스펠베이의 새 음반은 근래 출현한 이 작품의 음반 중에서도 해석상 가장 과감한 시도를 담고 있다는 점에서 흥미를 자아낸다. 이 연주에서 보인 비스펠베이의 특징은 크게 두 가지로 요약되는데, 하나는 그가 거트현을 부착한 바로크 첼로를 사용했다는 것이고, 또 하나는 템포나 아티큘레이션의 과감한 변형을 통해 이 곡을 매우 감각적으로 연주하고 있다는 점이다. 현대 첼로 주법에서는 피할 수 없는 비브라토를 그가 전혀 사용하지 않는다는 점도 특이한 점이지만, 이것은 비스펠베이만의 창의적인 주법이라고 보기는 어렵다. 정도의 차이는 있겠지만 이탈리아의 엔리코 마이나르디의 연주에서도 비브라토의 심한 억제를 발견할 수 있기 때문이다.

비스펠베이는 1990년에 이미 이 작품 첫 음반을 내놓고 있는데 8년 만에 같은 작품으로 두번째 음반을 내놓는 의욕을 보이고 있다. 첫 음반은 거트현의 고악기를 사용했고 비브라토를 완전히 제거했다는 특징말고는 해석상의 뚜렷한 성과는 발견되지 않는다. 다만 그의 감각적이고 섬세한 성향을 이때 이미 엿볼 수 있으며 바흐를 노래한다는 몰입의 상태, 다시 말해 그가 이 음악에 기울이는 맹렬한 애착과 집중력을 느낄 수가 있다. 그는 당시 신인으로서 이 음악의 자기 해석에는 다소 어정쩡한 입장이 아니었나 생각된다.

8년 만에 선보인 음반은 여러 가지 점에서 획기적이다. 본인은 그 변화를 템포와 아티큘레이션의 변화라고 말하는데, 템포는 첫 녹음도 빨랐지만 이번에는 더욱 빨라졌고 음절을 아주 짧게 짧게 여러 조각으로 나누어 그것을 섬세하게 가다듬어 소리를 부드럽고 경쾌하게 만들어내고 있다. 그는 바흐를 풍부하게 표현하기 위해 이런 과감한 시도가 필요했다고 말한다.

가령 이 음악 연주에서 신세대의 대표로 평가되기도 하는 미샤 마이스키의 연주와 템포만을 비교하면 제3번의 사라반드나 제4번의 프렐류드에서는 무려 2분씩이나 템포의 차이가 난다. 불과 5~6분이 소요되는 연주에서 2분이나 차이가 난다면 이것은 혁명이다. 마이스키가 기어간다면 비스펠베이는 날고 있다는 표현이 어울릴 정도다. 그 효과는 물론 분명 나타난다. 전례없이 경쾌하고 날씬한(?) 첼로 모음곡이 탄생한 것이다. 이것을 신세대의 감각에 맞춘 연주라고 할 수 있을까? 지금까지 다소 무겁고 위엄이 넘쳤던 음악을 부드럽고 경쾌하게 만들어서 현대 관객에게 설득력 있게 전하는 것이라면 이 과감한 시도는 평가에 인색할 이유가 없겠다.

사라반드의 길게 처지는 연속음을 짧은 단속음으로 가볍게 처리해내는 비스펠베이의 연주는 그 나름의 확신에 차 있고, 그런 큰 변신에도 불구하고 곡 전체를 통제하는 비스펠베이의 균형감은 뛰어난 것이다. 그는 분명히 카잘스나 마이스키와는 다른 바흐를 들려주고 있는 셈이고, 그럼에도 불구하고 바흐로부터 조금도 멀리 떠나 있지 않다.

그러나 새 시도는 언제나 다소의 위험을 동반하고 있는 것
도 간과할 수 없다. 처음 들었을 때 신선하게 다가왔던 부드
러움과 경쾌함이 두번째 들었을 때 조금은 싫증을 느끼게 했
다. 그것은 이 곡의 위엄을 얼마간 훼손시킨 가벼움 때문일
것이다. 그리고 그 위엄에 익숙해 있던 관습의 탓이기도 할
것이다. 이 음악 중에서도 제6번을 나는 가장 선호하는데 제

● 비스펠베이의 바흐 〈무반주 첼로 모음곡〉 앨범 ●

6번에는 이 음악의 모든 것이 있다고 믿고 있기 때문이다.
제6번의 사라반드에는 오르간으로 장엄미사곡을 연주하는 것
과 같은 엄숙하고 비장미 가득한 맛이 있다. 이것이 제6번의

백미라고 생각되며 카잘스의 연주에서 이 백미는 특히 잘 살아난다. 비스펠베이는 이 부분에서도 음절을 짧게 자주 끊어서-그는 무곡의 본뜻을 살린다고 말한다-경쾌한 맛을 돋우는데 그 때문에 흐름이 자주 단절되고 특유의 비장감도 종적을 감춰버렸다. 그 대신 템포가 빠른 가보트나 지그에서는 그의 이같은 경쾌한 주법이 일정한 효과를 거두고 있다. 거트현은 음량이 작은 대신 음정이 흔들리지 않고 한층 자연스러운 소리를 들려주는 게 사실이다. 바로크 첼로가 아닌, 19세기 보헤미아산 첼로를 사용하여 연주한 브람스 〈첼로 소나타 마단조〉를 들어봐도 비스펠베이는 다만 거트현에만 의존하는 연주가가 아니고 첼로 주자로서 드물게 섬세한 감각의 소유자라는 걸 알 수가 있다. 그는 첼로라는 악기에서 무겁고 딱딱한 분위기를 제거하는 특출한 기교를 가지고 있다.

그런데 우리는 정격연주라는 것에 대해 지나친 의미를 부여하는 것은 아닐까? 비스펠베이의 경우 단순히 고악기를 사용한다는 것 외에 그의 연주는 정격연주와는 거리가 있다. 그는 바흐를 새롭게, 더욱 풍부하게 연주하기 위해 현대적 해석을 꾸준히 시도하고 있기 때문이다. 그의 생각은 〈무반주 첼로 모음곡〉 연주에서 독특한 해석으로 평가를 받은 엔리코 마이나르디의 의견과는 상치되는 것이다. 마이나르디는 작품의 본래 모습을 살리기 위해 자신은 자의적 주제 해석이나 음악적 수사, 로맨틱한 일탈을 피하려고 노력한다고 말하고 있다.

실제로 비스펠베이의 연주와 마이나르디 연주를 들어보면

양극단의 소리를 들려주고 있음을 알 수가 있다. 어느 쪽이 진정한 바흐의 모습인가를 판단하기보다 어느 쪽이 자기 취향에 더 맞는가를 판단하는 것이 듣는 사람의 몫이라고 생각된다. 비스펠베이가 말했듯 어차피 해석은 연주가의 몫이기 때문이다. 이 작품 연주에 누구보다 애착을 가졌으면서도 작품 자체에 대한 외경심 때문에 말년에 가서야 겨우 녹음을 남긴 로스트로포비치가 떠오른다.

그는 두려웠던 또 한 사람이 있었다. 아직 신인이었을 때 그는 파리의 호텔로 불려가 그 사람 앞에서 이 작품을 잠깐 연주해보였는데, 그때 너무 떨려서 어떻게 연주했는지 기억도 나지 않는다고 그의 음반 프로그램에서 회상하고 있다. 그가 누구인지는 모두 알 수 있을 것이다. 한 사람의 위대한 주자가 앞세대에 있다는 것이 그의 다음 세대들에게 미치는 영향의 크기를 가늠해볼 수 있는 사례다. 그것을 이 〈무반주 첼로 모음곡〉에서는 더욱 뚜렷하게 느낄 수가 있다.

장영주의 멘델스존, 시벨리우스
〈바이올린 협주곡〉

장영주의 멘델스존, 시벨리우스 〈바이올린 협주곡〉 앨범

　EMI에서 1992년도에 출반된 장영주의 CD를 듣고 칭찬에
다소 인색한 글을 썼던 기억이 난다. 이 CD에는 사라사테의
〈카르멘 환상곡〉을 비롯해서 엘가의 〈사랑의 인사〉, 파가니니
의 〈카프리스 1·15〉 등 비교적 짧은 소품들이 수록되어 있

다. 이 곡들은 짧고 구조가 간결한 대신 여러 가지 기교를 과시할 수 있고 아직 때묻지 않은 영재의 참신하고 발랄한 감수성을 유감없이 드러낼 수 있다는 장점 때문에 첫선을 보이는 어린 연주자들이 흔히 선택하는 곡들이다.

그 연주에서 장영주는 그야말로 120% 자기 재능을 과시했다. 선율의 감미로움, 빠른 박자를 능숙하게 처리하는 기교의 날카로움에서 그녀는 모든 사람들의 찬탄을 불러일으키는 데 부족함이 없었다. 어떤 대목에서는 소리의 비상이 너무 날카로워서 2/3의 작은 악기가 당장 망가지지 않을까 불안감을 일으킬 정도였다. 작은 악기 탓인지 소리가 너무 거칠다는 인상도 주었다. 작은 악기로 애써 큰 소리를 내려고 하면 소리에 여유가 없어지고 톤이 거칠어지는 건 어쩔 수 없을 것이다. 그것은 그녀의 잘못은 아니지만 듣는 사람이 그런 데까지 배려하는 마음을 갖기란 쉽지 않다. 당시 칭찬에 인색했던 이유가 악기 탓도 있었지 않았나 뒤늦게 생각하게 된다. 대체로 영재들이 초기에 템포가 빠르고 달콤한 곡들을 잘 연주하다가도 조금 나이가 들어 복잡한 구조의 협주곡에 들어가면 초기의 광채를 잃고 퇴색해버리는 경우도 흔히 보게 된다.

장영주에 관해 사람들이 너도나도 천재란 말을 입에 올린다. 너무 극찬을 남발하니까 나는 슬그머니 뒤로 빠지고 싶은 마음도 당시 작용했을 것이다. 극찬이란 극약과 같아서 특히 어린 영재에겐 반드시 좋은 약이 된다고 말할 수는 없는 것이다. 그런 전력이 있는 처지이지만 6년 만에 대표적 협주곡 두 곡을 들고 나온 이번 연주를 듣고는 나도 어쩔 수 없이 이 특별한 재능 앞에서 모자를 벗지 않을 수 없었다. 특별한 재능만이 가능케 하는 '경이로운 순간의 체험'을 고백하지 않을 수가 없다. 반짝반짝 빛나는 어린 기예가 시간의 풍우에 젖어 훼손될지 모른다는 나의 당시 기우를 비웃기라도 하듯 풀 사이즈 바이올린을 들고 장영주는 세계 정상의 무대에 우뚝 섰다.

그녀의 이번 연주를 들어보면 이제 나이를 그녀의 연주와 결부시킨다는 것이 아무런 의미가 없다는 것을 깨닫게 된다. 콧대 높은 베를린의 관객들이 아우성을 치고 지휘를 맡은 마리스 얀손스가 그녀와 협연 기회를 다시 갖고 싶다고 거듭 피력한 이유가 충분히 수긍이 간다. 실황으로 연주된 시벨리우스 협주곡의 피날레가 끝나는 순간, 이제야말로 국산품의 세계 정상급 연주가가 등장했구나 하는 감회를 갖게 되었다.
　장영주는 정말 잘 성장했고 영재의 광채에다 성숙된 감정과 정신을 잘 접목시켰다. 당대 일류라고 평가되는 안네 소피 무터와 견줘도 전혀 손색이 없다. 멘델스존 협주곡만 놓고 한마디를 더 보탠다면 무터가 힘과 빈틈없는 절도의 연주를 들려준다면, 장영주는 여기에 섬세한 감각, 자유자재의 변환의 묘미가 더욱 살아난 연주를 들려준다. 상대적 문제지만 감각적 처리에서 장영주가 한발 앞서 있다고 느껴진다. 이것은 힘에 의존하는 서양적 스타일과, 미묘한 변화에 잘 적응하는 동양적 감성의 차이일지 모른다. 무터가 칼이라면 장영주는 붓이라고 할 수 있다. 그녀는 그만큼 섬세하고 치밀하다. 그렇다고 장영주의 연주가 나약하고 부드럽기만 한 것은 아니다. 필요할 때는 그녀도 서슴지 않고 누구보다 날이 선 칼을 빼어든다. 그녀는 서양적인 힘, 동양적인 부드러움을 동시에 완벽하게 갖추고 있다.

장영주는 참 빠르게 질주하는 신세대 연주가란 생각을 하게 된다. 대선배격인 김영욱이나 정경화에 비해서도 그렇다. 그리고 이런 점은 연주 특성에도 나타난다. 그녀는 과정을 생략해버리고 단숨에 정상까지 치달아버렸다. 그녀의 작품 해석은 아주 대담하고 조금도 망설임이라곤 없다. 특히 시벨리

장영주의 연주 모습

우스 협주곡에서 그런 점을 강하게 느끼게 된다. 이 앨범의 중심은 아무래도 멘델스존 협주곡보다는 실황 연주를 옮겨 놓은 시벨리우스 협주곡에 있다. 실황 연주곡은 장영주 스스로 시벨리우스 쪽을 선택했다고 한다. 짐작컨대 당돌하고 자신감에 차 있는 그녀는 바이올린의 온갖 난해한 기교들이 한데 모아진 이 작품을 통해 청중 앞에서 자기의 기량과 당돌성을 한 번 과시해보고 싶어하지 않았나 생각된다. 그런 목적에는 너무 잘 알려졌고 일정한 기품과 절도가 요구되는 멘델스존 협주곡보다는 다소 모험적인 작풍을 지닌 시벨리우스 협주곡이 한층 어울린다. 그녀의 선택은 옳았고 의도는 보기 좋게 적중했다.

아마도 베를린의 청중들은 동양에서 온 이 조그만 아가씨가 서구에서도 그다지 유행적인 작곡가라고 할 수 없는 시벨리우스의 유일한 이 협주곡을 기교의 극복과 작품 특성의 이해의 차원을 뛰어넘어 한 단계 높은 개성으로 아주 손쉽게 처리해내는 것을 보고 매우 놀랐을 게 틀림없다. 이 곡을 비교적 잘 연주한 것으로 평가되는 영국 출신의 나이젤 케네디의 연주는 도리어 투박하고 너무 딱딱하게 들릴 정도다. 그녀에게 아무래도 다소 낯설게 느껴지는 시벨리우스의 북구적 정열과 서정을 장영주는 전혀 망설임없이 아주 가벼운 운궁으로 쉽게 처리해내고 있다. 마치 수십 년 산수를 그려온 동양화가가 한달음에 풍경화 한 장을 그려내는 장면을 연상시킨다.

시벨리우스는 일찍이 바이올린의 명인이 되기를 꿈꾸었는

데, 이 작품은 그가 되고자 했던 비르투오소를 가상하고 작곡된 것이라고 한다. 장영주가 이 작품을 능란하게 요리해가는 걸 들으면 이 작품은 바로 장영주를 위해 작곡된 것이 아닐까 하는 생각마저 하게 된다. 특히 가장 매력적인 관현악의 투티와 바이올린의 현란한 독주기교가 교차하는 제3악장에서 더욱 그런 느낌을 받게 된다. 그것은 더 이상 바랄 수 없는 절창이다. 아마도 김영욱에게 멘델스존 협주곡이 그랬듯이 시벨리우스 협주곡은 장영주의 애창곡으로 오래 남지 않을까 생각된다.

장영주는 이번 두 작품 개척으로 그녀의 연주사에 의미 있는 큰 진전을 이룩했다. 그래도 그녀에게는 아직 미지의 대륙이 많이 남아 있다. 그것이 그녀의 가능성을 더욱 부풀게 만드는 원천이기도 하다. 다음에는 어떤 대륙에서 그녀가 정복의 소식을 전해올까? 그것이 기다려진다.

바이올리니스트 로라 보베스코와의 만남

바이올리니스트 로라 보베스코

로라 보베스코는 내게 새 얼굴이다. 그런데 결코 젊다고 할 수 없는 이 여성 바이올리니스트의 경력을 보면 그녀가 이제야 얼굴을 보였다는 게 이상하게 느껴진다. 하긴 미샤 마이스키와 다니엘 샤프란을 겨우 1980년대 초에 들었으니까 그것도 운이 좋아서 조금도 이상할 게 없을지 모른다. 지금 첼로의 얼굴처럼 알려진 이들 두 사람이 일반에게 알려진 건 겨우 1990년대 들어와서 일이고, 샤프란은 겨우 1996년에야 서울에 처음이자 마지막 나들이를 했었다.

보베스코는 1980년대 이래 일본에는 자주 왕래한 걸로 소개되고 있는데, 그래서 서울에 한 번도 얼굴을 나타내지 않

은 게 더욱 이상한 일로 여겨진다. 이것은 일본과 한국 사이
에 아직도 문화적 흡인력의 격차가 크다는 사실로 받아들여
지기도 하고, 한국의 청중이 보다 편식성이라는 사실로 인식
되기도 한다. 요즘 서울 무대가 많이 개방되고 있다고 하나
일부 유명 연주가에 편중되고 있음을 보베스코의 예로 볼 때
실감하게 된다. 바이올린 경우만 봐도 안네 소피 무터나 기
돈 크레머 같은 사람은 두세 번씩 오고 있지 않은가.

　로라 보베스코의 경력은 누구 못지않게 화려하다. 그녀는
전형적인 신동 출신으로 여섯 살 때 첫무대에 섰고, 12살에
파리에서 콩쿠르 우승을 했으며 브뤼셀의 유진 이자이 콩쿠
르, 퀸 엘리자벨 콩쿠르에서 가장 어린 나이에 입상의 명예
를 안았다. 그녀는 루마니아 태생이지만 주로 벨기에를 무대
로 활약하고 있으며 베를린 필과 세 번씩 초대 협연을 한 바
도 있다. 그러나 화려한 경력이 모든 것을 담보하는 것은 아
니다. 특히 요즘처럼 많은 솔리스트들이 활약하고 있는 시절
에는 경력은 겉치레로 그치는 경우도 없지 않다. 새 얼굴과
의 만남, 이것은 그의 연주에서 어떤 그럴싸한 특징이나 남
다른 품격을 발견했을 때 의미가 있다. 그런데 그게 쉽지 않
다.

　그러나 보베스코는 하나의 만남의 의미를 충분히 충족시켜
주는 연주가이다. 그녀의 연주는 여성 특유의 부드러움과 섬
세함을 갖추고 있지만 물론 여기서 그치지 않고 다양한 색감
과 고귀한 품격까지 갖추고 있다. 특히 강조하고 싶은 것은
높은 품격이다. 이것은 오이스트라흐나 프란체스카티 같은

전설에서 발견되는 열정과 순결한 정신의 결합의 산물로 보베스코를 가장 돋보이게 하는 요인이다. 무터처럼 힘이 있고 육감적인 연주도 아니고 크레머처럼 강팍한 절기를 뽐내는 것도 아니지만 이 품격 때문에 그녀의 연주가 귀를 호사시킨다. 물론 기교는 충분히 완숙되어 있고 작품 속으로 몰입하는 소화력에도 충분한 여유가 있다. 그래서 이만한 연주가가 왜 여태 서울에 한 번도 나타나지 않았을까 하고 의아스럽게 생각하는 게 도리어 당연하다.

특히 브람스의 3개의 소나타는 명연이라 할 만하다. 오래 실내악에서 함께 활동했고 짝을 이루어 온 장티의 피아노와 손을 맞춘 이 앨범은 이미 명반으로 평가를 굳힌 것인데 브람스 말년의 내적 세계가 함축되어 있는 이 작품들이 보베스코의 섬세한 손에 의해 한층 화사하게 수놓아지고 있다. 〈비의 노래〉에서 선을 차용한 제1번의 부드러운 분위기, '찬가의 소나타'로 불릴 만큼 브람스 작품치고 유례없이 밝고 투명한 제2번에서 특히 연주자의 특성이 잘 살아난다.

슈베르트의 바이올린 소나타들, D384, D385, D408은 그다지 자주 연주되지 않는 곡들이다. 그러나 이 곡들을 듣고 '슈베르트는 천재다'라는 명제를 다시 한번 확인하게 된다. 그는 19세에 이 곡들을 썼고 그럼에도 불구하고 이 작품들 속에는 그의 전 생애에 걸친 모든 작품에 들어 있는 일반적인 특징-마치 짧은 야유회처럼 허망하게 끝나버린 인생의 환

회와 비애가 천진난만한 심성으로 아로새겨져 있다-이 골고
루 담겨 있기 때문이다. 그는 19세에도 자기 삶의 끝을 예감
한 것 같다. 31세에 끝난 그의 삶과 업적에 새삼 경의를 표
하고 싶어진다.

● 슈베르트의 〈바이올린과 피아노를 위한 소나타〉 앨범 ●

그럼에도 불구하고 누구나 모든 것에 만능은 아닌가 보다.
그의 피아노 작품, 이를테면 〈악흥의 순간〉이나 〈즉흥곡〉, 그
유명한 가곡들, 그리고 미완성 교향곡을 비롯한 교향곡에 비

하면 이 바이올린 소나타들은 완성미에서 조금 떨어진다고 여겨진다. 그것은 19세의 어쩔 수 없는 한계일지 모른다. 지노 프란체스카티는 그러나 천진한 심성과 절묘한 프레이징 처리로 이 작품이 지닌 청년의 약동과 실의의 애달픔을 잘 끌어내고 있는데, 보베스코 역시 그런 점에서 지노를 연상케 한다.

비오티는 작곡가보다 연주자로 더욱 알려진 인물이다. 보베스코는 우리가 흔히 듣지 않는 비오티의 찬란한 협주곡들을 아주 걸출한 솜씨로 들려주고 있다. 그 음색과 현란한 솜씨가 마치 18~19세기에 걸쳐 유럽을 풍미했던 바이올린의 명인 비오티를 방불케 하고 있다. 모두 29곡을 작곡한 비오티의 협주곡들은 연주가로서 비오티의 명성 때문에 자칫 잊혀지기 쉬운 곡들이다. 이 작품들은 고전적 형식의 틀 안에서 이탈리아적 연주 기교와 낭만주의 감성을 잘 융합시킨 작품들이다. 비오티는 자신의 연주 기교를 이 협주곡들 속에 살려 바이올린의 풍성한 맛과 멋을 한껏 과시하고 있다.

말 많은 논객들이 이 작품들을 놓고 뭐라고 하건 비오티의 협주곡들은 남국의 열정과 로맨틱한 감성을 고귀한 취향으로 잘 빚어놓은 바이올린의 즐거운 성찬임이 분명하다. 그것을 보베스코의 풍성한 음색과 기교가 잘 입증해 보이고 있다. 비오티가 살았다면 바로 이런 연주를, 화려하면서도 천박하지 않고 분방하면서도 알맞게 절제된 그리고 남국적 색채감이 잘 느껴지는 그런 연주를 들려주는 게 아닐까 생각될 정도다.

이 추정은 무리가 아니다. 비오티는 프랑스 바이올린 연주에 큰 영향을 미쳤고, 보베스코는 파리의 두 거장에게서 음악수업을 받은 것이다. 제2번의 안단테에서 풍성한 남국의 색감 있는 선율이 감미롭게 다가온다. 이 안단테는 협주곡이라기보다 바이올린 독주곡에 가깝다. 바이올린이 시종 선율을 주도하고 있는 것이다.

이집트의 모차르트

배경이 서로 다른 음악 양식의 결합, 이것은 현대의 유전공학에서 실현하는 생명의 복제만큼이나 야릇한 호기심을 불러일으킨다. 스타일의 괴리감을 메워보려는 노력은 바로크 음악에 비틀스를 접목해본 피터 브레이너의 노력을 뽑아볼 수 있다. 헨델, 바흐, 비발디 등의 스타일에 비틀스의 히트곡을 엊어놓은 이 실험은 악곡에 따라 그럴듯한 효과를 얻은 경우도 있지만 역시 호사가의 취향을 잠시 만족시킨 일시의 실험을 벗어나지 못했다. 그래도 바흐의 폴로네즈와 결합시킨 〈헤이 쥬드〉는 색다른 감칠맛이 있어 이같은 실험의 유용성을 말해주고 있다.

〈이집트의 모차르트〉. 이 타이틀은 매우 흥미롭지만 약간 당혹스럽기까지 하다. 모차르트가 동방의 선율에 일찍이 많은 관심을 가졌고, 특히 〈마술 피리〉〈카이로의 거위〉 등 작품의 소재에서 보듯 고대 이집트 역사와 문명에 깊은 관심을 가진 것을 알 수 있으나 역시 이집트와 모차르트는 쉽게 연결되지 않는다. 이 기획에 관하여 선입관을 갖고 소재적 측면에서 접근하는 것은 온당치 않다. 〈이집트의 모차르트〉는 여러 가지 악기군과 연주형식에서 순수하게 모차르트의 음악과 이집트의 전통 음악을 접목시킨 시도라고 볼 수 있다. 이 대담한 시도는 과연 얼마만큼이나 효과를 거두고 있을까?

〈후궁으로부터의 도피〉는 서곡을 비롯 관현악 부분이 매우 화려하고 빠르게 진행되는 작품이다. 이 곡을 북부 이집트의 선율과 리듬으로 연주한 첫곡은 전통 악기군과 현대 악기의 연주가 서로 유리되어 혼합의 효과는 내지 못하고 있다. 다만 갈대피리로 알려진 아르굴의 처연하고 낮은 음색이 강한 인상을 주고 있다.

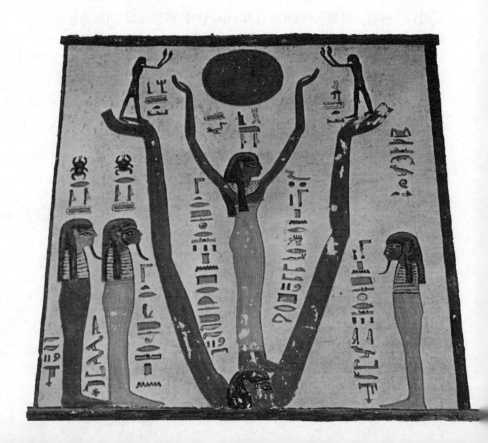

여기에 비하면 모차르트의 〈피아노 3중주곡 K.496〉이 바
탕이 된 두번째 곡인 8중주곡은 모차르트와 이집트 음악의
조화에서 훨씬 성공적이다. 바탕이 서로 다른 4중주가 입을
맞춰 연주하는 것인데 마치 고대와 현대의 소리가 어울려 친
화감을 과시하는 것 같다. 이집트 고대 악기들이 서양 현대
악기에 지지 않고 그럴듯한 화음을 창조하는 것이 놀랍다.
아랍의 음악에서는 리듬이 매우 중요한 역할을 차지하는데
여기서도 도프라는 큰북과 심벌즈에 해당되는 사가트의 역할
이 크다.

교향곡 제40번은 모차르트 음악에서도 가장 널리 알려진
곡이다. 셋째곡은 이 교향곡의 선율 속에 이집트의 노래를
담고 있다. 아랍의 세계에서는 노래가 거의 공동으로 불려지
고 있다. 따라서 여기서 불려지는 노래 역시 아랍의 노래인
셈이다. 마이(May)는 아랍 세계에서 너무 잘 알려진 여가수
로 마음 깊은 곳을 흔들어 놓는 것 같은 그녀의 호소력 강한
노래를 여기서 다시 만나는 것은 기쁜 일이었다.

마즈다 루비, 와다 등 아랍 세계에서 널리 알려진 다른 가
수들의 창법이나 음색도 마이와 비슷한데, 이 노래들에는 아
랍의 혼과 마음이 깃들어 있고 이방인에게도 강한 호소력을
발휘하는 특징과 매력이 있다. 그러나 교향곡의 연주 속에
불려지는 마이의 노래는 그 생생한 매력을 살려내지 못했다.
그 이유는 관현악 쪽에 너무 비중을 두고 노래를 가볍게 처
리한 탓인 듯하나 그렇더라도 서양식 관현악과 아랍의 노래
가 그다지 심한 갈등을 일으키지 않고 특이한 분위기를 연출

했다는 것은 평가할 만하다. 사실 아랍 세계의 다양한 악기들은 이미 노래의 반주에서 서양 관현악에 못지않은 효과를 내고 있다.

네번째 곡은 수단 북부 누비아 지방의 자장가와 모차르트의 그 유명한 자장가의 경연이다. 그런데 품에 아이를 안고 있는 어머니의 모습이 더욱 선명하게 연상되는 것은 모차르트 쪽이 아니고 일정한 리듬의 통제 없이 흥얼거림처럼 들리는 수단의 노래 쪽이다. 거기에 비해 모차르트 자장가는 지나치게 잘 다듬어진 세련미를 과시한다. 이 경연에서 민속음악의 장점이 자연미와 생명력이라는 걸 깨닫게 되는 건 의외의 소득이다.

피아노 협주곡 제25번을 하프를 연상시키는 민속악기인 우드와 피아노의 협연으로 연주한 다섯번째 곡은 매우 기교적으로 잘 처리되어 혼합물이라는 저항감을 전혀 느낄 수 없었다. 〈마술 피리〉는 이집트의 왕자 타미뇨의 환상적인 이야기로 여섯번째 곡에서는 여왕의 시종 파파게노의 아리아를 다루고 있다. 여기서는 원전 대신 아랍의 시인 아부누아수의 시를 가사로 차용하고 있는데 가사뿐만 아니라 선율까지도 완전히 이집트의 가극으로 탈바꿈된 느낌을 주고 있다.

마이의 구슬픈 노래가 다시 등장하는 일곱번째 곡인 〈이집트 왕 타모스〉 역시 비슷한 느낌을 주는데 짧은 토막인 탓인지 그 효과는 미지수이다. 여덟번째 곡에서 델타 지역의 옛 노래를 들려주는 탁한 음성의 가수는 음유시인을 연상시킨다. 그 목소리에는 절실한 삶의 애환과 진한 향토색이 실려 있다.

아랍에는 바이올린, 비올라 등 현악기를 대신할 수 있는 전통 악기들이 있고 도프, 타블라 등 타악기의 종류도 다양하다. 아랍 음악에는 타악기가 유난히 발달되어 있음을 본다. 만약 아랍의 전통 악기만으로 모차르트 교향곡 제25번을 고스란히 원전대로 연주한다면 어떤 소리를 들을 수 있을까? 이미 이집트 전통 악기주자들의 뛰어난 연주솜씨를 확인한 사람은 이런 기대감을 가질 만하다. 그런데 모차르트 교향곡 제25번을 이집트식으로 연주한 열한번째 곡에서는 이런 기대가 충족되지 않는다. 이 연주는 현대식 연주에 이집트의 몇 가지 전통 악기를 단순히 덧씌웠을 뿐이기 때문이다. 전통 악기는 주변에서 맴돌 뿐이며 주선율의 흐름에는 끼지도 못해 그 효과는 아주 미미할 수밖에 없다.

마지막 곡에서는 모차르트의 〈레퀴엠〉을 회교의 예식에 끌어들이고 있다. 아랍 족장의 근엄한 노래 뒤에 장엄한 레퀴엠의 합창이 나오는데 이들은 그 종교적 배경이 다른 만큼 물과 기름처럼 어울리지 않는다. 이 시도는 의욕적인 것이나 음악적 조화를 이뤄내기 위해서는 좀더 세심한 배려가 필요하지 않을까 생각된다. 다만 여기서 불가리아 소녀 바나나의 감동적인 솔로를 들을 수 있었다는 것은 행운이었다. 여기서 이 작은 요정의 노래는 보석처럼 빛난다.

음악을 즐기는 사람들은 자신과 관련없는 민속음악을 경시하는 경향이 있다. 이 앨범은 그런 이들에게 모차르트 음악이란 당의정을 섞어 아랍 세계의 음악을 소개하는 효과는 십분 거두고 있다. 물론 그것이 최종 목표는 아니겠지만…

백혜선의 〈데뷔〉

백혜선의 〈데뷔〉에 수
록된 곡들을 보고 뜻밖
이라고 생각하는 사람
들이 적지않은 모양이
다. 대체로 조용한 독
주 소품들로 짜여 있기
때문이다. 아마 첫선을
보이는 레코드에서 베토벤
이나 차이코프스키의 힘찬 협
주곡으로 패기와 기량을 과시하는
게 그녀에게 어울린다고 생각하는 사람들이
적지않은 듯하다. 이것은 얼굴이 알려진 뒤 길지 않은 기간
에 백혜선이 사람들에게 심어준 이미지 탓일 것이다.

백혜선을 별로 들을 기회가 없었던 나는 다행히 그런 선입
관 같은 건 갖고 있지 않았다. 그런 나에게도 멘델스존의 〈무
언가〉 중에서의 몇 곡, 모차르트의 〈환상곡 라단조〉, 슈만의
〈트로이메라이〉 등이 나열된 재킷은 조금 뜻밖이다. 이런 곡

들은 데뷔라는 말과 썩 어울리지 않기 때문이다. 이런 곡들은 연주회에서도 끝나갈 즈음에나 앙코르 곡으로 슬쩍 내밀어보는 곡쯤으로 여기는 경향이 농후하다. 혹은 연주가의 말년에나 에필로그 삼아 녹음에 남겨놓은 경우도 있다. 이 음악들의 공통성을 말한다면 침묵과 가까운 음악들이고 뜨거운 열정보다는 조용한 사색의 무늬를 아로새긴 음악들이다.

〈데뷔〉에서 패기를 앞세우지 않고 조용하고 은밀하게 자기 음악의 작은 공간을 점검해보는 자세가 마음에 든다. 사실 나도 무척 좋아하고 친밀감을 느끼는 곡들이 여기에 있다. 첫곡인 〈무언가〉에서는 세심한 선곡에도 불구하고 다소 저조한 느낌을 받았다. 지나치게 긴장한 탓일까. 듣기는 쉬워보여도 역시 이 곡의 맛을 살린다는 것이 만만치 않다는 걸 새삼 느끼게 된다. 그녀는 아마도 대가들의 틈바구니에서 자기 소리를 만들어내고자 진지하게 노력한 게 분명한데 〈베네치아의 뱃노래 Op.30-6〉과 〈해변에서 Op.53-1〉은 조심성이 지나쳐 감흥이 기대에 미치지 못했다. 반면 선율이 보다 확실한 〈물레의 노래 Op.67-4〉와 〈봄노래 Op.62-6〉에서 활기가 되살아나 그가 들려주고자 하는 색채가 무엇인지 어렴풋이 느끼게 해줬다.

해설에도 나와 있지만 대가들의 연주에 한 사람의 연주를 그저 보탠다는 것은 별로 의미가 없을 것이다. 음악의 두려움을 아는 신진 연주가의 고뇌가 얼마나 큰 것인가를 알 수가 있다. 기제킹의 차가운 맛, 바렌보임의 따뜻하고 풍성한 맛에 길들여진 애호가들의 귀를 무엇으로 감동시킬 것인가.

그러나 백혜선의 〈무언가〉의 연주가 좀더 자신있게 진행되었더라면 그에게서 아주 담백한 수채화로 그려낸 〈무언가〉를 들을 수도 있었을 것이다. 〈봄노래〉의 과장 없는 담담한 연주에서 그 가능성을 느낄 수 있었다. 모차르트의 〈환상곡 라단조 K.385〉는 참 미묘한 곡이다. 그것은 이 곡이 〈피아노 소나타 제11번 터키행진곡〉이나 〈피아노 소나타 제14번〉처럼 널리 연주되지 않는 곡이면서도 모차르트 음악의 속성을 잘 갖추고 있기 때문이다. 미완성곡이면서 작곡연대조차 불확실한 점 또한 그렇다. 백혜선은 여기서 매우 조심스럽게 곡을 이끌어 나가지만 좀 더 자연스럽고 힘이 느껴진다. 매우 조촐하고 담백한 연주라는 인상을 받았다. 특히 알맞은 절제로 연주된 카덴차가 조촐하고 좋았다. 매우 명쾌하고 부드러운 선율 속에 모차르트는 슬픔을 감추고 있는데 그 감춰진 슬픔의 한 자락을 이 연주에서 느낄 수 있었다.

지금까지는 건반 쪽보다도 현 쪽에서 출중한 인재들이 많이 나왔다. 연주 세계를 올림픽 경기처럼 국가별로 가른다는 것이 부자연스럽긴 하지만 한국인 가운데 현악기 쪽에 두각을 나타낸 사람이 많았다는 것은 사실이다. 그 이유에 관해 생각해봤지만 쉽게 해답이 나오지 않는다. 초기에 열정적으로 건반에 매달렸던 사람도 나이가 들면서 제풀에 지쳐 슬그머니 물러서고 만다. 이 의문에 또 하나의 질문이 뒤따른다. 역시 서양 음악과 동양인의 감성은 어느 지점에 가서는 엇갈릴

수밖에 없지 않은가 하는 것이다. 이미 낡은 질문이지만 우
리 뇌리에서 쉽게 사라지지 않을 문제인 것만은 분명하다.
음악을 즐기는 애호가들도 가끔은 이런 의문에 시달리곤 한
다. 이런 부질없는 의문을 일소하려면 앞으로는 피아노 쪽에
서도 정경화와 김영욱이 속속 등장해서 의미있는 연주를 들
려줘야 한다.

백혜선의 〈데뷔〉 앨범

그런데 백혜선의 슈만 연주에서 그런 반응을 얻게 되었다.
〈후모레스케 내림나장조 Op.20〉은 〈어린이의 정경〉이나 〈환

상곡〉만큼 일반인에게 친숙한 곡은 아니다. 사람의 심금을
자극하는 슈만 특유의 감상적 분위기도 여기서는 거의 느껴
지지 않는다. 5개의 곡마다 붙여진 소제목들-절제, 조급성,
섬세함 등-이 암시하듯 슈만은 이 작품에서 감성에 의존하기
보다 정신에 투영된 다양한 심상을 충실한 음악 어법으로 그
려보려고 시도한 것 같다. 어떻게 보면 슈만 특유의 감성이
보다 응축된 형태로 다양한 모습을 보여주고 있다고 할 수
있다. 백혜선의 연주는 분방하고 다양한 작곡자 특유의 감성
을 자연스럽게 이끌어내고 있다. 크게 긴장하지 않고 편하게
이 음악을 즐길 수가 있었는데 아마 연주자도 같은 처지였을
것이다. 그래서 믿음이 간다. 이 작품이 뜻밖에도 슈만의 뛰
어난 피아노 기법을 입증해주는 작품이란 점을 연주자는 보
여주고 있다.

　그러나 뒤이어 듣게 된 〈트로이메라이〉는 조금 싱겁다는 인
상을 주었다. 귀에 너무 익숙한 작품이기 때문일까? 호로비
츠의 연주를 들먹이지 않더라도 이 작품에서 연주자가 지나
치게 여백을 의식하지 않았나 생각된다. 그러고 보면 조용한
음악에서도 때로는 뜨거움이 느껴져야 하고 열정적인 음악에
서도 차가운 순간이 열정을 돋보이게 한다는 이치를 새삼 깨
닫게 된다.

　라벨의 관현악곡을 연주자가 독주용으로 편곡한 〈라발스〉는
원전처럼 화려한 맛은 적었지만 지난 시대의 퇴락한 아름다
움에 내면으로 접근하는 것이 작곡가의 의도라고 볼 때 그럴
법한 시도라고 여겨졌다. 원전은 오케스트라의 테크닉이 큰

힘을 발휘하는데 비해 여기서는 오직 피아노의 힘만으로 분위기를 되살린다는 부담은 있었지만 백혜선의 테크닉은 무리 없이 왈츠의 한 장면을 재현해 주었다.

되풀이하는 얘기지만 믿고 들을 만한 피아노 주자가 드물었던 상황에서 백혜선의 〈데뷔〉는 의미있는 사건이라고 말해도 좋을 것이다. 그녀가 '현재'를 뽐내려는 생각을 추호도 갖고 있지 않고 계속해서 자기 음악을 갈고 닦겠다는 자세를 보여주는 데서 더욱 신뢰와 기대를 갖게 된다. 두번째 녹음, 세번째 녹음에서는 어떤 연주를 들려줄지 벌써부터 기대가 앞선다.

에트빈 피셔의 바흐 〈평균율 클라비어곡집〉

기술의 발달로 SP시대의 녹음 복원작업이 활발하게 이루어
지고 있다. 바흐와 베토벤의 명연주자로서 반세기 이전에 이
름을 떨친 에트빈 피셔의 연주를 SP가 아닌 현대의 손색없는

CD로 들을 수 있다는 것은 행운이 아닐 수 없다.

현대의 피아니스트들 가운데도 바흐의 〈평균율 클라비어곡집〉을 훌륭하게 연주하는 사람은 많이 있다. 엄격한 해석과 넉넉한 사유로 흔들림 없는 연주를 들려주는 스뱌토슬라프 리흐테르, 보다 젊고 활달한 연주가 매력인 안드라스 시프, 분방하고 명쾌한 소리를 들려주는 프리드리히 굴다 등이 그들이다. 쳄발로 연주로 복고적 분위기를 전해주는 랄프 커크패트릭도 있다. 이를테면 구태여 SP시대의 연주가를 찾아가지 않더라도 이 음악을 얼마든지 감상할 수 있다는 얘기다.

그런데 여러 과정을 거쳐 복원된 이 피셔의 녹음을 들어보면 사람들이 왜 현대의 수준 높은 음향기술로 녹음된 연주들을 마다하고 구태여 반세기도 더 지난 시점까지 찾아가서 그 연주를 되살려오려고 애쓰는지 그 이유를 저절로 깨닫게 된다. 이것은 단순한 복고적 취향이나 향수 때문이 아니다. 피셔의 연주에는 다른 연주가들에게서 느끼지 못했던 여러 가지 미덕들이 분명히 있다. 물론 상대적인 난점도 발견되지 않는 것은 아니지만, 비교라는 것은 여러 가지 새로운 사실을 일깨워준다.

바흐의 피아노곡 중에서도 그의 세계를 가장 잘 드러내는 대표적 곡으로 평가되는 〈평균율〉은, 종교적 코랄풍의 작품에서부터 다소 장난기가 느껴지는 춤곡에 이르기까지 아주 다양한 세계를 포용하고 있는 음악이다. 이 음악에 대한 평가는 카잘스의 의견을 요약하는 것이 적절할 듯하다. 그의 평전인 『나의 기쁨과 슬픔』 앞머리에 이런 글이 나와 있다.

"나는 피아노 앞에 앉아서 바흐의 두 개의 전주곡과 푸가를 연주하는 것으로 하루를 시작한다. 이것으로 시작하지 않는 하루란 생각할 수 없다. 이것을 연주하는 것은 내가 세계의 한 부분이 되고 있다는, 삶의 재발견이기도 하다. 그것은 인간 존재의 믿을 수 없는 경이와 함께 생의 놀라움의 인식으로 나를 채운다. 이 음악은 나에게 결코 언제나 같지 않다. 믿을 수 없이 매일 그것은 새로우며 황홀하다. 이것이 바흐이며 대자연과 같은 기적인 것이다."

카잘스는 특히 내림나단조의 전주곡(BWV 867)을 즐겨 연주했다. 이처럼 다양한 세계를 포용하고 있는 음악임에도 불구하고-바로 그렇기 때문에- 〈평균율〉은 바흐의 다른 음악에 비해서도 보기에 따라 덤덤하고 무색무취(?)한 음악에 속한다. 〈평균율〉은 〈프랑스 모음곡〉처럼 곡상이 화려하거나 활달한 느낌을 주지도 않고, 〈무반주 바이올린 파르티타 제2번 샤콘느〉처럼 감정을 극단적으로 고양시키는 강렬한 맛도 없다. 시종 평화롭고 조용한 가운데 음악이 진행된다.

이런 음악일수록 취향이 다양한 사람들에게 만족스런 연주를 들려준다는 것은 쉽지 않을 것이다. 대가들이 쩔쩔매는 〈무반주 첼로 모음곡〉에서도 비슷한 예를 우리는 볼 수 있었다. 평소에 안드라스 시프나 리흐테르의 연주에 익숙해있던 사람들은 비교를 해보기 전에는 그런 대로 그 연주에 만족할 수가 있다. 사실 어떤 것이 최상이고 완전에 가까운 것인지 단정하기란 불가능한 일이다. 그러나 같은 조건에서 몇 가지 연주를 비교한다는 것은 우리에게 좋은 일깨움을 준다.

깜짝 놀랄 만큼 우수한 음질로 복원된 에트빈 피셔의 이 앨범은 피셔의 연주를 같은 조건으로 올려놓음으로써 우리에게 비교의 좋은 기회를 제공한 셈이다. 안드라스 시프는 정확하고 활력이 넘치지만 너무 단정하다는 느낌이 들고, 리흐테르는 질서가 있고 여백의 맛이 느껴지나 때로는 너무 느린 감을 주고 냉정이 지나쳐서 따뜻한 맛이 부족하다. 이것은 모두 피셔의 연주에 대한 상대적인 감상이다.

피셔에게도 단점은 많이 있다. 그의 리듬은 제멋대로 흐트러질 때가 많은데 실수인지 의도된 것인지 구분하기 어렵다. 꾸밈음의 해석도 너무 평범하다는 인상을 받는다. 그러나 새로운 해석을 들려주겠다는 의욕이 앞서는 현대의 연주들에 비해 피셔의 연주는 가볍고 한층 자연스럽다. 그의 소리는 부드럽고 우아한 맛을 주며 전체적으로 정감이 느껴지고 살아 있다는 느낌을 준다. 피셔의 연주를 듣고 나서 다른 연주를 들었을 때 전에 느끼지 못했던 무미건조함을 새삼 느끼게 되는 것은 아마 이같은 자연스러움에서 우러나는 생생한 맛 때문일 것이다. 피셔는 연주곡에 대한 구성력과 풍부한 감성이 누구보다 뛰어났던 인물로 알려져 있다.

〈평균율 클라비어곡집〉은 얼마 전까지도 작곡가 시대의 분위기에 맞추어 쳄발로로 연주하는 게 성행했었다. 피아노와 다른 이 악기의 독특한 묘미에 끌리는 사람도 있고 복고주의에 유독 매달리는 사람들도 적지 않았다. 쳄발로 연주로는 발햐, 코프만 등이 명성을 떨쳤고 이밖에 란도프스카, 커크패트릭 등의 연주 녹음이 호평을 받았다. 그러나 쳄발로는 현대에 와서 피아노에 밀려 차츰 흔적이 사라지고 있는 감이 없지 않다. 대중이 이 악기들로 연주된 음악을 그다지 선호하지 않는다는 증거다.

옛 악기로 바흐 시대의 음악을 연주하는 것은 불완전하지만 과거의 분위기를 재현한다는 흥미와 매력은 있으나 일반 연주에서는 현재 가장 발달된 악기를 사용하는 것이 바람직하다. 왜냐하면 음악을 존중하는 것이 무엇보다 우선이기 때문이다. 복고를 추구하기보다는 음악의 관점에서 최고의 감명을 준다는 것이 중요하다. 이것은 바흐 음악의 열렬한 옹호자인 카잘스의 말이다. 약간 성격이 다르긴 하지만 이 말을 이 녹음의 복원에도 적용할 수가 있다. 역시 음악의 관점에서 최고의 감명을 얻기 위해 구태여 수십 년 전의 SP녹음을 부활시키는 것이다.

마르타 아르헤리치의 쇼팽 연주

아르헤리치의 '전설의 1965년 앨범'

이미 정상으로 군림한 지 오래된 아르헤리치의 연주를 반추해볼 기회를 가졌다. 그녀가 무대로 나설 때는 얼마간 카리스마가 느껴질 정도로 현대 피아노계에서 그녀가 차지하는 비중은 크다. 환갑이 가까워진 나이의 아르헤리치가 프로코피에프의 〈피아노 협주곡 3번〉을 연주하기 위해 무대로 나와 피아노 앞에 앉아있는 모습을 보았을 때 1965년도 쇼팽콩쿠르 입상 전후에 보았던 재기 넘치는 새파란 아가씨의 자태를 기억하는 사람들은 금석지감을 느꼈을 것이다. 아르헤리치를 쇼팽의 전문 연주가로 말해도 큰 무리가 없을 만큼 출발부터 지금까지 그녀는 쇼팽 음악에 각별한 열정을 기울여왔고 이 분야에서 유독 높은 평가를 받았다. 쇼팽의 협주곡, 다양한 성격의 소품들을 수록한 각종 음반 평가에서 아르헤리치는 거의 모든 종목에서 언제나 메달권의 평점을 얻고 있다.

쇼팽 음악 연주에 특장을 보이는 비슷한 성격의 연주가들이 있다. 루빈스타인, 호로비츠, 페를르뮤테르, 폴리니 등이 그들이다. 아르헤리치는 이 계보를 분명하게 잇고 있으며 부닌, 포고렐리치 등이 뒤를 따르는 셈이다. 아르헤리치는 알려진 명성에 비하면 연주곡이 그렇게 다양하지 않다. 쇼팽 외에는 슈만, 리스트, 라벨 정도에 그치고 있다.

그렇다고 브렌델이나 아쉬케나지 같은 만능선수가 되어달라고 주문할 필요는 없지 않을까? 그것은 연주가의 체질과 관련된 것이며 억지로 레퍼토리를 확장하는 것보다 비록 제한된 세계지만 진지하게 자기 영역을 구축하는 것이 더욱 바람직한 자세라고 생각된다. 쇼팽 연주에서 신선한 감각을 뽐내던 부닌이 베토벤 소나타 연주에서 진땀을 흘리는 장면은 청중이 결코 원했던 장면은 아니었다. 그렇다고 쇼팽과 바흐 연주에서 보인 부닌의 천재성을 부정할 사람은 아무도 없는 것이다.

쇼팽의 〈피아노 협주곡 1번〉은 쇼팽콩쿠르로 더욱 알려지고 자주 연주되는 곡이 되었다. 샤를 뒤트와와 손을 잡고 최근 아르헤리치가 선보인 이 음반은 관록이 붙은 연주가의 중후함을 십분 보여주고 있다. 그러나 중후한 만큼 신선감은 떨어진다. 이 음반을 들으며 자연스럽게 아바도와 협연했던 1968년도 음반을 생각하게 되었다. 아르헤리치가 이 협주곡으로 첫 선을 보인 것은 1965년도 콩쿠르의 실황녹음으로 로비츠키 지휘의 바르샤바 교향악단과 협연한 것이지만 아바도와 협연한 1968년도 음반을 공식 데뷔음반으로 봐도 무리는 없을 것이다.

이 연주는 여러 면에서 역시 콩쿠르 실황녹음인 부닌의 연주와 비교된다. 각자 개성은 다르지만 나로서는 〈협주곡 1번〉 연주의 '두 개의 빛나는 보석'이라고 평가하고 싶은 연주들이다. 투명한 음색, 넘쳐나는 감정을 단순명쾌하게 처리해내는 부닌의 연주는 압도적인 호소력으로 현대 청중을 사로잡았다. 아르헤리치 연주에서 느끼는 것은 고도의 집중력에 의한 발군의 기교와 번득이는 감성이다. 그녀는 기교로 감정을 쉽게 처리해버리는 대범함까지 보여준다. 두 사람 모두 신선하고 독창적인 개성을 보여주고 있으므로 취향에 따라 선호가 달라질 수 있을 뿐이다.

그런데 아르헤리치의 〈협주곡 1번〉 최근 음반은 신선감이 퇴색하고 다소 느슨하고 굳은 표정이 읽어진다. 관현악도 지난 음반에 비하면 짜임새가 떨어지고 산만하다는 느낌을 받았다. 이런 느낌을 주는 원인이 무엇일까? 시간이 너무 많이 흐른 탓인가? 75세 나이로 현역 연주를 하고 있는 블라도 페

를르뮤테르가 자연스럽게 연상된다. 그는 소품 연주를 할 때
도 매우 조심스럽게, 마치 음 하나하나를 핀셋으로 끄집어내
제 자리에 올려 놓는 사람처럼 조심스럽게 연주를 해간다.
결코 감정에 겨워 내달리는 법이 없다. 그렇게 조심해도 가

마르타 아르헤르치의 연주 모습

끔 실수를 하기도 한다. 그래도 이 경우에는 실수가 흠이 되
거나 감흥을 떨어뜨리지 않는다. 그것은 그가 몰입된 상태에
서 최선을 다하기 때문이다. 쇼팽과 라벨 전문연주가란 점에
서 페를르뮤테르는 아르헤리치와 유사한 성향의 연주가이지
만 연주 스타일은 아주 다르다. 연륜에 따른 연주력의 변화,
혹은 연륜과 연주 스타일의 관계 등 여러 가지 점을 생각하
게 하는 대목이다.

쇼팽의 다양한 소품들은 그것 자체로 하나의 소우주와 같은 독자성을 가지고 있다. 특히 연습곡이나 〈녹턴〉의 각 곡들이 그렇다. 거기 비하면 전주곡은 각 곡마다 독자성을 유지하면서도 전체적으로는 일관성을 살리려고 노력한 흔적이 있다. 독자적 색채를 지닌 다양한 소품들을 제 맛을 살려가며 잇따라 연주하기란 그만큼 까다롭고 어려운 일일 것이다. 전주곡 연주에서 그것을 가장 잘 해내는 연주가로 페를르뮤테르를 들 수 있다. 그는 아무리 짧은 소품이라도 대곡을 대하듯 만반의 준비를 갖추고 건반 앞에 앉는다.

그러나 1977년도에 그라모폰에서 나온 아르헤리치의 〈전주곡집〉 연주를 들어보면 아르헤리치는 조심성 따위를 뛰어넘어 분방하고 대담한 자세로 새로운 전주곡을 들려주고 있음을 알게 된다. 그녀가 연주한 전주곡은 소품이 아니라 대곡처럼 스케일이 큰 음악처럼 들린다. 아르헤리치는 단순히 힘과 기교만 특출한 연주가가 아니라 미묘한 표현을 창출해내는 불가사의한 능력을 갖고 있다. 그런 면에서 1965년 당시의 녹음을 최신 음반으로 되살려낸 이번 음반은 아르헤리치의 진면목과 다시 만날 수 있는 좋은 기회를 제공해 준다.

〈소나타 3번〉은 신선한 감성, 천의무봉이라고 할 분방한 표현력이 돋보인다. 스케일이 크고 화려한 연주를 하면서도 소홀한 구석이 전혀 없다. 〈마주르카〉는 폴란드 농민의 정서를 모르고는 연주할 수 없는 곡으로 알려져 있다. 아르헤르치의 〈마주르카〉는 전혀 머뭇거리지 않고 물 흐르듯 거침없이 흐르지만 젊고 싱싱하기만 하다. 〈스케르초〉와 〈폴로네즈〉는 모두 스케일 큰 대담한 연주로 그녀의 활달하고 강렬한 체질을 십분 발휘하고 있다. 특히 〈폴로네즈〉 연주는 신인이라고 볼 수 없는 대범한 해석력과 대가적 풍모를 엿보게 한다.

대중적 인기와 연주력이 반드시 비례한다고 말할 수는 없다. 아르헤리치는 두 가지를 모두 공유하고 이미 한 시대를 풍미한 연주가의 반열에 오른, 특히 여성으로는 드문 존재이다. 그러나 그녀의 시대가 다 지나갔다고 말하는 것은 속단일 것이다. 어느 의미에서 그녀의 음악이 지금부터 진면목을 보여줄 차례라고 생각된다. 호로비츠나 루빈스타인이 그랬던 것처럼.

요요 마 〈바흐로부터의 영감〉

한마디로 요요 마다운 탐구정신의 산물이다. 영상시대의 요구가 요요 마의 의욕을 거들었음은 물론이다. 바흐의 〈무반주 첼로 모음곡〉은 요즘 광고음악으로 사용될 만큼 널리 알려지고 있다. 요요 마는 이 모음곡 연주에 현대무용가, 조각가, 가부키의 명인, 심지어 프로에서 활약하는 아이스댄서까지 동원하고 있다. 이 분야들은 영상미의 창조에 적합한 것들이고 정(靜)과 동(動)의 이미지를 대표하고 있다.

이 CD는 그림을 동반한 음악이란 점, 그리고 현장성과 즉흥성을 살린 연주란 점이 특징이다. 따라서 비디오의 도움

없이 몇 장의 사진에 의존해서 이 기획의 성과를 말하는 것은 무리이다. 다만 모음곡 제3번의 경우 마크 모리스가 선보인 무용과, 요요 마의 현장 연주가 어울린 그림을 요행히 TV에서 볼 기회가 있었기 때문에 이 기획의 성격을 얼마간 이해할 수 있었다. 그렇다 해도 작품마다 장르가 다른 예인이 등장하고 촬영에 관여한 감독들도 각각 다르기 때문에 화면과 음악의 조화 혹은 갈등에 관한 세밀한 평가는 힘들 수밖에 없다. 이런 이유로 내 관심은 새로운 환경과 만났을 때 과연 요요 마의 연주가 얼마나, 어떻게 달라질 수 있는가를 헤아리는데 모아질 수밖에 없었다.

요요 마는 바흐 연구가인 슈바이처가 바흐를 가리켜 '회화적 요소가 강한 작곡가'로 평한 말에서 영향을 받아 '영상을 동반한 연주'를 시도하게 되었다고 고백하고 있는데, 〈무반주 첼로 모음곡〉과 다양한 영상들과의 만남을 시도한 것은 어쨌든 그 자체로 흥미있고, 의미있는 실험이라고 할 만하다. 그러나 음악 자체의 순도를 고집하는 사람의 시각으로 본다면 〈음악의 정원〉이란 부제가 딸린 제1번에서 프렐류드를 〈물결치는 강가의 풍경〉으로, 알르망드를 〈다람쥐길이 있는 숲속〉으로, 사라방드를 〈양지풀이 자란 어두운 골짜기〉로 그 의미를 제한한 시도가 다소 못마땅하게 여겨질 수도 있다. 무한대의 우주공간으로 상상의 나래를 펼쳐나간 바흐 음악 중에서도 이 모음곡이야말로 으뜸가는 포용력을 지닌 음악으로 인식되어 왔기 때문이다.

요요 마는 이미 1982년에 이 곡의 첫녹음을 선보인 바 있다. 그 연주에 대한 세간의 평가는 극단으로 갈리는데 개인마다 기호의 차이를 인정하더라도 그 당시 연주가 여러 가지 문제점을 노출했다는 것은 인정하지 않을 수 없다. 그것은 물론 요요 마에게만 해당되는 것은 아니지만 이 음악 자체가 워낙 크고 다양한 몸체로 보여지기 때문에 사람들의 기대도 그만큼 클 수밖에 없다. 1992년도에 겨우 EMI에서 조심스럽게 첫 전곡 녹음을 내놓은 로스트로포비치의 경우를 봐도 그 사정을 충분히 알 수가 있다. 그렇게 최선의 노력과 겸양의 미덕을 보인 로스트로포비치도 만장일치의 호응을 받지 못했다.

상대적인 문제지만, 이 작품연주에서는 카잘스의 존재가 너무 커보인다. 심하게 말하면 다른 연주가의 〈무반주 첼로 모음곡〉 연주를 듣고 있노라면 카잘스가 역시 크다는 것을 재삼 확인하는 것말고 다른 느낌은 거의 들지 않는다. 여기에도 반론은 있을 수 있다는 걸 인정하지만. 첼로라는 악기 자체의 특성, 그 어법에 충실하고 감정의 개입을 극도로 절제해서 대단히 특징있는 연주를 들려주는 엔리코 마이나르디도 역시 작아 보인다.

개인적 추측이지만 요요 마는 이미 이 실험을 통해 〈무반주〉에서 유독 노출된 자기 연주의 한계를 극복해보려는 의도를 가졌던 게 아닐까. 이 가정의 진실 여부에 관계없이 이 기획에 매달리는 요요 마의 자세는 무섭도록 치열하기만 하다. 그러나 연주만을 따로 떼어놓고 말한다면 이번 연주 역시 지

요요 마의 〈바흐로부터의 영감〉 앨범

난번 판과 크게 달라진 것은 없었다. 다만, 조금 더 매끄러워졌고 간결해졌다는 느낌을 받았는데 이것은 그의 특징이자 장기가 더 강화된 것이다.

그는 여전히 한없이 부드럽고 경쾌한 소리를 들려준다. 격정이 고조되어 매듭을 지어줘야 하는 대목에서도 그는 모른 척하고 슬그머니 지나가버린다. 전곡을 듣다 보면 이런 장면과 여러 차례 만나게 된다. 이런 특징은 악보의 표기에만 충실하다는 비난을 초래할 수가 있다. 악보에는 격정의 미묘한 변화와 흐름이 기록되는 것이 원천적으로 불가능하다. 그러나 사람에 따라 다만 경쾌하게 잘 넘어가는 요요 마의 특징을 장점으로 보는 시각도 얼마든지 있을 것이다.

문제는 요요 마의 연주가 때로는 격정적인 몸부림을, 때로는 금방 잠자는 바다의 수면처럼 정적인 동작을 보여주는 현대무용수들의 다이내믹한 춤 앞에서도 크게 달라진 게 없다는 사실이다. 그 춤에서 크게 영감을 받았더라도 한순간의 분위기 때문에 연주가 달라지기를 기대하는 것은 어리석은 일이다. 이 작업에서 영감을 받은 쪽은 연주가 아니라 무용수와 정원 디자이너와 가부키의 명인과 아이스댄서들이었다.

그들이 하나같이 고백하고 있듯이 그들은 바흐의 음악과 요요 마의 훌륭한 연주, 따뜻한 태도에서 크게 감명을 받고 있다. 그들은 시작부터 요요 마와 그가 들려주는 〈무반주〉에 봉사하겠다는 일념으로 출발했으나 결과적으로 처지가 뒤바뀌어버린 것이다. 그들은 춤과 가부키, 정원의 조화로움은 바흐의 음악으로부터 은혜를 입은 결과가 되고 말았다. 이 음악은 너무 압도적이어서 시작부터 모든 것을 거느리고 혼자 이끌어나갔다고 할 수 있다. 요요 마는 다만 충실한 전달자역에 그친 것이다. 그는 처음부터 큰 욕심없이 전달자의 역할에 만족했을지도 모른다.

춤과 안무를 위한 음악의 전달자라면 요요 마만큼 훌륭한 연주자를 구하는 건 불가능한 일이다. 마크 모리스가 제3번을 배경으로 선보인 춤은 확실히 좀 특별한 분위기-매우 정결하고 우아한 동작, 그러나 결코 가볍게 느껴지지 않는-를 연출해내는데 성공하고 있었다. 그 춤에서 현대무용이 흔히 범하는 무미건조함과 긴장감의 일탈 같은 현상은 발견되지 않았다. 음악과 무용의 만남이란 일차 목표는 충분히 성과를 거둔 것이다. 마크 모리스 자신의 고백에서도 이런 점은 충분히 드러나고 있다.